Sommerglück im Pferdeinternat

Bisher von Tami und ihren Pferdefreundinnen erschienen:

Dünensommer im Pferdeinternat
Sommerglück im Pferdeinternat

FSC
www.fsc.org
MIX
Papier aus verantwortungsvollen Quellen
FSC® C083411

ISBN 978-3-7855-8021-9
1. Auflage 2016

Umschlagfotos/-elemente: © Vadim Petrakov, motuve, gleolite, smilewithjul/Shutterstock.com
Umschlaggestaltung: Franziska Trotzer
Printed in Germany

www.loewe-verlag.de

Tanja Janz

Sommerglück im Pferdeinternat

Loewe

Reiterfest am Meer 7

Die besten Ponyfreundinnen und ein Überraschungspferd 143

Reiterfest am Meer

Eine Begegnung am Morgen

Tami und ihre Freundin Jessy fuhren auf ihren Rädern den Deich entlang. Nur wenige Schleierwolken hingen wie weiße Wattetupfer am hellblauen Himmel über dem Küstenort Tidelund. Vom Meer her wehte ihnen eine kühle Brise Salzluft um die Nasen. Die immer noch kräftigen Strahlen der Spätsommersonne hatten eine rosige Färbung auf die Wangen der Mädchen gezaubert. Es war Mitte September, der Sommer seit einigen Wochen vorbei und Jessy endlich offiziell Schülerin am Internat Nordlicht, in dem inzwischen wieder der Schulalltag eingekehrt war.

„Wenn ich mir vorstelle, dass ich vor einem Jahr um diese Zeit daheim über meinen Hausaufgaben gebrütet und mir nichts sehnlicher gewünscht habe, als hier zu sein …“, sagte Jessy und beugte sich etwas über den Lenker, um besser gegen den Wind anradeln zu können. „Manchmal habe ich Angst, dass der Wecker klingelt und ich in meinem Zimmer aufwache und feststelle, dass ich das alles bloß geträumt habe und gar nicht Schülerin am Nordlicht bin."

Tami bremste unvermittelt.

„Hey, was ist denn los? Wir müssen uns doch beeilen, wenn wir vor der Theoriestunde noch nach den Pferden auf der Weide sehen wollen." Jessy blickte erstaunt über ihre Schulter, fuhr eine Kurve, rollte mit ihrem Rad zurück zu ihrer Freundin und blieb schließlich neben ihr stehen.

Tami streckte die Hand aus und kniff Jessy in den Arm.

Ihre Freundin zuckte erschrocken zusammen. „Autsch!"

„So viel Zeit muss sein", sagte Tami und lachte.

„Du meinst, so viel Zeit, um mich in den Arm zu zwicken?" Jessy verzog das Gesicht und strich mit den Fingern über die schmerzende Stelle.

„Quatsch! Damit du merkst, dass du nicht träumst", erklärte Tami und blinzelte gegen das Sonnenlicht. „Du bist tatsächlich und wirklich hier. Dein Wecker wird nicht gleich klingeln und du wirst auch nicht zu Hause bei deinen Eltern aufwachen. Du bist Schülerin am Nordlicht und teilst dir ein Zimmer mit Zoe und Anneke. Kapiert?“

Jessy schlug den Kragen ihres Anoraks höher. Sie fröstelte leicht. Trotz der warmen Sonnenstrahlen blies der Nordseewind bereits ziemlich kühl. „Danke für die Bestätigung. Morgen habe ich bestimmt einen blauen Fleck.“

„Das ist doch praktisch.“

„Praktisch?“ Jessy schaute ihre Freundin verständnislos an. „Was soll an blauen Flecken denn praktisch sein?“

Tami zuckte mit den Schultern. „Na ja, du musst das so sehen: Den Fleck kannst du als Beweis dafür ansehen, dass du eben nicht träumst, sondern tatsächlich in Tidelund bist.“ Sie schwang sich wieder auf den Radsattel. „Jetzt aber los. Wir müssen uns extrem sputen.“

Jessy musste lachen und fuhr Tami hinterher. „Deine Logik ist manchmal wirklich gewöhnungsbedürftig.“

Vom Deich aus hatten sie einen fantastischen Blick über die mit Prielen durchzogenen Salzwiesen, hinter denen sich die weiße Tidelunder Sandbank erstreckte. Am Horizont glitzerte das Meer, auf dem ein Kutter in einem gemächlichen Tempo die Wellen durchschnitt. Der Pfad führte sie nun durch eine wilde Dünenlandschaft, auf deren Sanderhebungen Strandhafer wuchs. Die Halme wurden vom Wind ausgelassen gewirbelt. Als der Radweg wieder auf den Deich mündete, konnten die Mädchen die Koppel bereits erspähen. Hinter dem Zaun grasten ungefähr fünfzehn Pferde friedlich in kleinen Grüppchen.

An der Weide angekommen, legten Tami und Jessy ihre Fahrräder ins kniehohe Gras und hielten nach ihren vierbeinigen Lieblingen Ausschau.

„Da vorne sind sie. Raquel mit Ricardo“, sagte Tami und zeigte zu der Stute hinüber, die gemeinsam mit ihrem Fohlen auf der Weide unterwegs war.

„Wahnsinn. Wie groß er geworden ist.“

„Oh ja, ich habe das Gefühl, dass man ihm beim Wachsen zuschauen kann“, stimmte Tami ihrer Freundin zu. „Genauso war es auch bei Thunderstorm.“

„So wie du dich um ihn kümmerst, ist das aber auch kein Wunder. Du steckst Ricardo doch ständig heimlich Leckerlis zu. Da bleibt dem Kleinen ja gar keine andere Wahl, als in null Komma nichts groß und stark zu werden. Bist du jetzt eigentlich für die Pflege von jedem neuen Fohlen zuständig?“

„Das wäre schön! Mir macht es jedenfalls unheimlich Spaß.“ Tami legte den Kopf schief und schaute hinüber zu Thunderstorm, ihrem ersten Pflegefohlen, das mittlerweile fast ein Jahr alt war und zu einem prächtigen Jährling herangewachsen war. Die junge Stute galoppierte ausgelassen in kurzen Sprüngen über die Wiese, schlug Haken und wieherte übermütig. Tami seufzte.

„Was ist denn los?“

„Ach, nichts. Ich habe gerade nur daran denken müssen, dass Ricardo schon bald keine Muttermilch mehr bekommt und dann ganz von Raquel getrennt wird.“

„Meinst du, er wird sie doll vermissen?“

„Schwer zu sagen. Hoffentlich nicht. Bei Thunderstorm und Zafira lief die Absetzung ja Gott sei Dank völlig problemlos. Aber ich habe mir damals ziemlich Sorgen gemacht.“

„Wie jede gute Mutter“, witzelte Jessy. „Wie läuft so eine Absetzung eigentlich genau ab?“

„Zuerst werden die Mutter und ihr Fohlen nur für ein paar Stunden getrennt, damit der endgültige Abschied leichter fällt“, erklärte Tami. „Ricardo wird aber nie alleine sein. Wahrscheinlich kommt er auf eine andere Weide. Da hat er dann Gesellschaft und das hilft ihm wahrscheinlich am besten über die Trennung hinweg. Herr Kellinghaus hat gestern außerdem schon eine Box im

Stallgebäude neben der kleinen Reithalle für ihn vorbereitet. Die Absetzung scheint kurz bevorzustehen."

„Das ist ja höchst interessant", erklang plötzlich eine Stimme hinter Tami und Jessy.

Die Mädchen zuckten zusammen und drehten sich um. Sie hatten nicht mitbekommen, dass sie nicht länger alleine waren.

Hinter ihnen stand Nils, ein Mitschüler vom Nordlicht. Tami wusste, dass sein Vater Architekt war und zurzeit in Dubai arbeitete. Aus diesem Grund wohnte Nils im Internat.

Ein spitzbübisches Lächeln umspielte seinen Mund. „Na, hat es euch die Sprache verschlagen?", fragte er.

„Sorry. Wir haben dich gar nicht kommen hören", meinte Tami.

„Ich wollte nur kurz nach Troubadour sehen", erklärte Nils, stellte sich neben Tami an das Koppelgatter und sah zu dem Fuchs hinüber, der seine Nase gerade tief in die Tränke steckte und mit großen Schlucken trank. Das Pferd hatte einen muskulösen Körperbau, weiße Fesseln und ein Stockmaß von mindestens 170 Zentimetern. Sein Fell glänzte im Sonnenlicht wie ein auf Hochglanz polierter dunkler Holztisch. Als es den Kopf hob, konnte Tami die breite Blesse sehen, die Troubadours kompletten Nasenrücken und nahezu die ganze Stirn bedeckte.

„Das ist wirklich ein ganz Hübscher. Eine schöne Laterne hat er. Fast wie gemalt“, meinte sie.

Der Fuchs spitzte seine Ohren und schaute neugierig zu den Kindern am Zaun. Dann setzte er sich in Bewegung und steuerte geradewegs auf seinen Besitzer zu.

Tami kletterte auf das Gatter, schwang ein Bein über das Paneel und hockte sich rittlings darauf. Troubadour machte einen langen Hals und schnaubte. Dann lief er ein paar Schritte auf sie zu und beschnüffelte ihr Bein.

„Na, mein Guter?“ Tami streichelte über sein Fell.

„Himmel, wir müssen los!“, rief Jessy nach einem Blick auf ihre Armbanduhr. „Wir sind schon viel zu spät zur Theoriestunde dran!“

„Oje! Das hätte ich fast ganz vergessen!“ Tami kletterte vom Gatter und hievte ihr Fahrrad aus dem Gras.

„Hey, wartet kurz, ich komme mit!“, rief Nils und schloss sich den beiden Mädchen an.

Überraschende Neuigkeiten

Da Tami als externe Schülerin nicht im Internat wohnte, verabschiedete sie sich nach der Schule von ihren Freundinnen und machte sich auf den Heimweg. Dieser führte sie quer durch Tidelund bis zu dem roten Backsteinhaus mit den blau-weißen Markisen, in dem sie mit ihrer Familie wohnte und in dem auch die Konditorei ihrer Mutter untergebracht war.

Tami öffnete das weiße Holztor, hinter dem der Garten lag, und schob ihr Fahrrad zur Garage, aus der Musik erklang. Ein kleines, uraltes Transistorradio stand auf einem Stuhl und unter einem aufgebockten VW Golf ragten zwei Beine hervor, die in staubigen Jeans steckten. Ihr großer Bruder Peer bastelte mal wieder an seinem klapprigen Auto herum, obwohl er noch gar keinen Führerschein besaß.

„Moin, Peer!“, rief Tami über die Musik hinweg und lehnte ihr Rad an die Garagenwand.

Peer schob sich unter dem Auto hervor. Seine Hände waren ölverschmiert und sein Gesicht dreckig. „Moin.“

„Interessante Kriegsbemalung hast du da im Gesicht“, sagte Tami und musste lachen. „Sieht richtig gefährlich aus.“

Peer verdrehte die Augen und wischte sich mit einem schmutzigen Tuch über das Gesicht. „Wo gehobelt wird, fallen auch Späne. Aber davon hast du keine Ahnung, Schwesterchen.“

„Schon gut. Ich interessiere mich eben mehr für die Pferdestärken auf vier Hufen. Ist Mama im Laden?“

„Ist sie“, antwortete Peer und rollte wieder zurück unter den Wagen.

„Na dann, tschüss“, sagte Tami. Ihr Bruder war im Grunde genommen ein feiner Kerl, deswegen nahm sie es ihm auch nicht krumm, dass er keine ausführlichen Unterhaltungen führen wollte, wenn er an seinem Wagen herumwerkelte.

Sie verließ die Garage und lief zur Konditorei. Bestimmt konnte sie dort ein Stück Kuchen stibitzen, um sich die eintönigen Hausaufgaben etwas zu versüßen.

Beim Aufdrücken der Glastür bimmelten drei

kleine Metallglöckchen, die über dem Eingang angebracht waren und Tamis Mutter das Eintreffen von Kundschaft signalisierten.

„Komme sofort!“, erklang die Stimme von Frau Claasen aus der Backstube.

„Lass dir Zeit. Ich bin es nur, Mama“, rief Tami und schaute neugierig in die Auslage. Neben Keksen und Teegebäck nach alten Familienrezepten entdeckte sie auch Obstkuchen und Schokotorte.

Ihre Mutter erschien mit einer um die Hüften gebundenen weißen Schürze und einer Mehlspur auf der linken Wange hinter der Ladentheke. „Tami, schön, dass du da bist. Wie war es in der Schule?“, erkundigte sie sich, während sie einen Teller aus dem Regal nahm. Sie kannte ihre Tochter und deren Vorliebe, bei einem Stück Kuchen ihre Schularbeiten zu erledigen.

„Der Theorieunterricht war wieder super. Der Rest geht so.“

Frau Claasen griff nach einem Kuchenheber. „Welche Nervennahrung darf es heute denn sein? Apfel oder Kirsch?“

„Apfelkuchen mit Sahne, bitte.“ Tami lächelte. Was für ein Glück sie doch mit ihren Eltern hatte.

„Einmal Apfelkuchen mit Sahne“, sagte Frau Claasen ein paar Sekunden später und schob ihrer Tochter den Teller über die Theke. Dabei fielen Tami die feinen Schweißperlen auf der Stirn ihrer Mutter auf. Sie sah gar nicht gut aus. Irgendwie abgekämpft. Sie war richtig käsig im Gesicht und hatte dunkle Schatten um die Augen.

„Mama? Geht es dir nicht gut?"

„Ach, mir ist nur ein bisschen warm und etwas schwindelig", winkte ihre Mutter ab und tupfte sich mit einer Serviette über das Gesicht. „Vielleicht ändert sich das Wetter wieder. Du weißt doch, dass ich in Wirklichkeit ein Wetterfrosch bin und jeden Umschwung mitbekomme, bevor er auf der Wetterkarte erscheint." Frau Claasen zwinkerte ihrer Tochter zu. „In der Backstube habe ich übrigens frische Marzipan-Krebse. Möchtest du einen?"

„Au ja!" Was für eine Frage. Für Marzipan ließ Tami alles stehen und liegen. Das wusste ihre Mutter genau.

„Kommt sofort", sagte Frau Claasen und wollte wieder im hinteren Teil des Ladens verschwinden.

„Warte, ich komme mit." Tami folgte ihr. „Wo ist denn Oma?"

„Oma ist in der Küche und bereitet eine Krabbensuppe für heute Abend vor."

„Und wann kommt Papa von der Arbeit?"

„Voraussichtlich gegen 19 Uhr. Aber du weißt ja, wie das bei der Strandaufsicht ist. Wissen kann man es nie."

Tami schaute sich in der Backstube um und entdeckte auf einem wuchtigen Holztisch ein großes Blech mit Marzipan-Krebsen, deren Scheren mit Schokolade überzogen waren. „Oh, die sehen aber lecker aus."

„Aber nur einen. Der Rest ist für die Kunden." Tamis Mutter stützte sich auf einer Stuhllehne ab und griff sich mit einer Hand an die Brust. „Puh! Ich fühle mich tatsächlich etwas unwohl", gab sie zu und im nächsten Moment war es auch schon geschehen: Tamis Mutter stürzte auf den geflies-ten Boden und blieb reglos liegen.

„Mama!" Tami war mit einem Sprung bei ihr und kniete sich neben sie. „Sag doch was! Was ist denn los?" Tami rüttelte verzweifelt an ihrer Schulter, doch Frau Claasen behielt weiterhin die Augen fest geschlossen und bewegte sich überhaupt nicht.

Tami war völlig durcheinander. Was sollte sie nur tun? Da kam ihr plötzlich eine Idee. Natürlich. Oma! Die würde wissen, was zu tun war. Sie sprintete los und kam wenig später völlig aus der Puste in der Küche an, wo ihre Großmutter mit einem Holzlöffel in einem großen Topf herumrührte, aus dem der unverkennbare Geruch von Krabbensuppe aufstieg.

„Nicht so stürmisch, mein Kind. Essen gibt es erst später. Du siehst ja aus, als wäre der Klabautermann persönlich hinter dir her“, begrüßte sie ihre Enkelin.

„Mama liegt in der Backstube. Sie ist einfach umgekippt. Ich glaube, sie ist ohnmächtig. Oma, wir müssen ihr sofort helfen!“, rief Tami aufgeregt.

Die Augen ihrer Großmutter weiteten sich vor Schreck. „Ach du liebes bisschen! Hol rasch das Telefon!“ Sie schaltete den Herd aus, warf ihre Schürze achtlos auf den Tisch und eilte in die Konditorei.

Tamis Oma verständigte sofort den Notarzt, während Frau Claasen langsam wieder zu sich kam. Nachdem der Arzt eingetroffen war, untersuchte er sie eingehend, stellte bis auf einen niedrigen Blutdruck allerdings nichts Auffälliges fest. Trotzdem hielt er es für notwendig, Tamis Mutter vorsichtshalber zur Beobachtung ins nächstgelegene Krankenhaus bringen zu lassen. Oma begleitete Tamis Mutter und Peer rief bei der Küstenwache an, um ihren Vater zu informieren.

„Papa fährt sofort zum Krankenhaus“, sagte er, nachdem er aufgelegt hatte.

„Und wir? Was machen wir jetzt? Wir können hier doch nicht einfach rumsitzen und Däumchen drehen."

„Wahrscheinlich ist es das Beste, wenn wir genau das tun", sagte Peer und legte tröstend einen Arm um seine Schwester.

„Aber –", wollte Tami protestieren.

„Wir können im Moment ohnehin nichts für sie tun. Papa meldet sich, sobald es was Neues gibt. Und außerdem ist sie ja nur zur Beobachtung dort", versuchte er sie zu beruhigen. Doch Tami spürte, dass er genauso erschrocken war wie sie, aber als ihr großer Bruder wollte er das nicht zeigen.

Tami war nach oben in ihr Zimmer gegangen und hockte nun an ihrem Schreibtisch. Vergeblich versuchte sie sich auf ihre Hausaufgaben zu konzentrieren. Wie sollte sie auch englische Vokabeln pauken, wenn ihre Mutter im Krankenhaus lag? Tamis Blick wanderte immer wieder zu ihrem Handy. Vor einer halben Stunde hatte sie ihrem Freund Marlon eine Nachricht geschickt und ihm von den neuesten Ereignissen berichtet. Doch bislang hatte er nicht geantwortet. Tami schaute auf die digitale Zeitanzeige auf dem Bildschirm. Vermutlich war er noch auf dem Wasser beim

Surfen und hatte das Mobiltelefon in seinem Rucksack im Surfcontainer verstaut.

Sie stand auf und tigerte nervös wie ein wildes Tier in ihrem Zimmer umher. Nach einer Weile hielt sie es nicht länger aus und zog sich kurz entschlossen ihre Reithose an. Dann schnappte sie sich ihre Jacke und steckte das Handy ein. Sie konnte hier nicht länger herumsitzen und der Appetit auf Omas Krabbensuppe war ihr sowieso komplett vergangen.

Nachdem Peer ihr mindestens zehnmal hatte versprechen müssen, sie sofort anzurufen, falls er etwas Neues aus dem Krankenhaus erfuhr, machte Tami sich mit dem Fahrrad auf den Weg zum Pferdestall. Dort konnte sie sich wenigstens ablenken und vielleicht traf sie sogar ihre beste Freundin Marit, deren Eltern den Reiterhof führten, der zum Internat gehörte.

Im Stall war es um die Uhrzeit recht ruhig. Die meisten Schüler hatten ihr Reittraining bereits beendet und widmeten sich nun den Hausaufgaben. Als Tami den Hauptstall betrat, kam ihr Marits Mutter mit ihrem Wallach Saturn entgegen.

„Na, Tami. Machst du heute noch einen späten Besuch bei Thunderstorm?“

„Hallo, Frau Kellinghaus. Ist Marit vielleicht da?“

Die Reitlehrerin nickte. „Meine Tochter findest du bei Peppino. Der Frechdachs hat sich tüchtig auf der Weide gewälzt und dabei seine Fellfarbe in ein unansehnliches Graugrün verwandelt. Ich glaube, sie kann jede helfende Hand gut gebrauchen.“

Wie angekündigt, traf Tami vor Peppinos Box auf eine mit Striegel und Kardätsche bewaffnete Marit. Doch sie war nicht allein, sondern hatte in Nils eine tatkräftige Unterstützung gefunden, um das Fell ihres Ponys wieder in den Normalzustand zurückzuverwandeln.

„Hi, Tami“, rief er, während er die Innen- und Außenseiten von Peppinos Beinen mit einer Wurzelbürste vom Dreck befreite.

„Hi.“ Tami hob lahm den Arm und vergrub ihre Hände in den Jackentaschen.

„Hallo, Tami! Was machst du denn noch so spät hier?“, fragte Marit erstaunt, als sie ihre Freundin erblickte. „Hast du Sehnsucht nach deinen Schützlingen?“

„Ach … mir war irgendwie so danach“, antwortete Tami ausweichend. Sie war sich nicht sicher, ob sie vor Nils über die Ereignisse des Nachmittags reden wollte. Er schien zwar ein netter Kerl zu sein, doch sie kannte ihn nicht sonderlich gut. „Kann ich helfen?“, fragte sie stattdessen und begutachtete Peppinos Fell.

„Wir sind fast fertig. Peppino sieht wieder wie mein Pony aus“, antwortete Marit.

„Ach so.“ Tami seufzte leise. Sie fühlte sich elend. Die Sorge um ihre Mutter lag wie ein dicker Stein in ihrem Magen.

Marit legte den Kopf schief und musterte prüfend ihre Freundin. „Du hast doch was.“

Tami wich Marits forschendem Blick aus und blinzelte die aufsteigenden Tränen weg, was Nils nicht entging. „Ich gehe dann mal zu Troubi. Wollte mit ihm eh noch eine Runde drehen.“

„Was ist denn passiert?“, fragte Marit, als Nils außer Hörweite und sie beide allein waren.

Tami ließ sich auf einen Heuballen sinken und vergrub ihr Gesicht in den Händen. Dann erzählte sie ihrer Freundin die ganze Geschichte. „Das Allerschlimmste ist, dass ich nicht weiß, was Mama fehlt. Vielleicht finden sie bei der Untersuchung im Krankenhaus ja eine schreckliche Krankheit“, schloss sie ihren Bericht.

„Bestimmt nicht! An so etwas darfst du gar nicht denken“, tröstete Marit sie voller Überzeugungskraft und schenkte ihrer Freundin ein aufmunterndes Lächeln. „Es hat bestimmt nur etwas mit dem Wetterumschwung zu tun, so wie deine Mutter gesagt hat. Wirst schon sehen!“ Dann sprang Marit abrupt auf. „Weißt du was?“

„Nein. Was denn?“

„Eigentlich wollte ich ja mit Nils einen kurzen Ausritt vor dem Abendbrot machen. Aber was hältst du davon, wenn du stattdessen mit ihm ausreitest? Ich muss sowieso noch Hausaufgaben machen und habe wegen der Putzaktion gar keine Zeit mehr.“

Tami zuckte die Schultern. „Ich habe doch gar kein Pferd.“

„Du nimmst natürlich Peppino. So schön hat er schon lange nicht mehr geglänzt.“

Als Tami und Nils von ihrem Ausritt wieder zurückkehrten, dämmerte es bereits leicht. Sie waren nebeneinander den Tidelunder Strand entlanggeritten und hatten sich dabei prächtig unterhalten. Nils schien in der Tat ein toller Kerl zu sein. Nicht dass er eine Konkurrenz für Marlon wäre – eher ein prima Kumpel, mit dem man sich stundenlang über Pferde unterhalten konnte. Dabei hatte Tami sogar vergessen, auf ihr Handy zu sehen. Sie entdeckte Marlons Nachricht erst, als Peppino und Troubadour wieder abgesattelt in ihren Boxen standen. Einen Anruf von Peer hatte sie in der Zwischenzeit jedoch nicht verpasst, stellte sie erleichtert fest. Sie antwortete Marlon kurz, dass sie sich melden würde, wenn sie wieder zu Hause war.

Doch als Tami vor dem roten Backsteinhaus ankam, stutzte sie. Der weiße Geländewagen stand in der Garagenauffahrt, was bedeutete, dass Oma und ihr Vater bereits aus dem Krankenhaus zurück waren. Hastig schob sie ihr Fahrrad in die Garage. Warum hatte sich Peer denn nicht bei ihr gemeldet? Er hatte ihr doch versprochen, sie sofort anzurufen, sobald es Neuigkeiten gab. Tami schüttelte verständnislos den Kopf und ging auf die Haustür zu. Was hatte das bloß zu bedeuten? Gab es etwa doch schlechte Nachrichten? Eventuell war ja alles auch ganz harmlos und Oma und Papa waren erst kurz vor ihr angekommen, sodass Peer noch gar keine Gelegenheit gehabt hatte, ihr Bescheid zu geben.

Tami öffnete die Tür und schlüpfte mit klopfendem Herzen ins Haus. Als sie auf einmal lautes Lachen hörte, blieb sie wie angewurzelt im Flur stehen.

Verwundert schlich Tami Richtung Küche und lugte durch den Türspalt. „Mama?“, rief sie laut aus und stürmte auf ihre Mutter zu, die auf der Eckbank saß. „Was machst du denn hier? Ich dachte, du bleibst zur Beobachtung im Krankenhaus."

„Ja, das dachten wir alle", sagte ihr Vater äußerst vergnügt und nicht das klitzekleinste bisschen betrübt.

„Da haben wir falsch gedacht", fügte Peer hinzu.

Herr Claasen lachte verschmitzt. „Deine Mutter ist eben immer für Überraschungen gut."

„Das hat sie von mir", kommentierte Oma und zwinkerte Tamis Mutter zu.

„Was ist denn mit dir? Bist du doch nicht krank?", fragte Tami hoffnungsvoll, die immer noch nicht verstand, was der Grund für die fast ausgelassene Stimmung war.

Frau Claasen schaute ihre Tochter geheimnisvoll an. „Nein, krank bin ich Gott sei Dank nicht. Und trotzdem muss ich mich die nächste Zeit etwas schonen, hat der Arzt gesagt."

„Etwa wegen des Wetterumschwungs?", fragte Tami.

Ihre Eltern, Oma und Peer brachen in lautes Lachen aus.

„Nein. Aber in ungefähr sechs Monaten werden wir zu sechst im Haus sein. Ich bekomme ein Baby."

Was für eine Überraschung: Ihre Mutter war

schwanger! Damit hatte Tami in ihren kühnsten Träumen nicht gerechnet. Und ihre Mutter offensichtlich auch nicht. Sie war höchst erstaunt gewesen, als der Arzt ihr im Krankenhaus das Ergebnis der Untersuchung mitgeteilt hatte.

Noch mehr überraschende Neuigkeiten

Nachdem Tami gemeinsam mit ihrer Familie Omas leckere Krabbensuppe verputzt hatte, war sie schweren Herzens in ihr Zimmer gegangen – schließlich musste sie noch Vokabeln für Englisch lernen. Dass sie darauf überhaupt keine Lust hatte, verstand sich natürlich von selbst. Viel lieber hätte sie Marit angerufen, um mit ihr lang und breit über den baldigen Familienzuwachs zu sprechen. Doch Tami war sich ziemlich sicher, dass ihre Englischlehrerin kein Auge zudrücken würde, wenn sie morgen beim Vokabeltest kaum etwas wusste. Also schrieb sie die zu lernenden Wörter auf kleine Karteikärtchen. Aber Tami fiel es heute extrem schwer, sich die einzelnen Wörter einzuprägen. Pferdenamen konnte sie sich definitiv besser merken. Außerdem war sie viel zu aufgeregt und musste ständig an das Baby denken, das in Mamas Bauch heranwuchs.

Tami zuckte zusammen, als ihr Handy plötzlich piepste. Sie hatte eine neue Nachricht.

Ist alles okay bei dir? Hoffentlich geht es deiner Mutter gut! GLG, Marlon

Meine Güte, ihr Freund wartete ja schon seit Stunden auf eine Antwort von ihr. Das hatte Tami in der ganzen Aufregung völlig vergessen. Geschwind tippte sie eine kurze Mitteilung.

Tut mir leid, dass ich mich nicht früher gemeldet habe. Bei mir ist alles gut. Erzähle dir dann morgen in der Schule, was heute passiert ist. Ich muss jetzt leider noch Vokabeln pauken. GLG, Tami

Wichtige Dinge waren es wert, persönlich erzählt zu werden, fand Tami.

Nachdem sie noch eine gute halbe Stunde versucht hatte, die unliebsamen Vokabeln in ihren Kopf zu bekommen, gab sie es schließlich auf. Sie packte die Vokabelkärtchen in die Schublade ihres Schreibtisches. Tami gähnte und streckte sich.

Kater Brutus schlich maunzend um ihre Beine und sprang dann auf ihr Bett, wo er sich am Fußende zusammenrollte und ein lautes Schnurrkonzert anstimmte.

Tami verschwand im Badezimmer, putzte sich die Zähne, zog ihren Schlafanzug an und ließ sich neben Brutus plumpsen. Sie blätterte noch ein wenig in einer Pferdezeitschrift, doch ihre Gedanken schweiften immer wieder ab. Eigentlich war sie todmüde und doch gleichzeitig hellwach. Die Vorstellung, bald ein kleines Geschwisterchen zu haben, hielt Tamis Gedanken gehörig auf Trab. Was es wohl werden würde? Ein Junge oder ein Mädchen? Aber eine Sache wusste sie ganz genau: Sie freute sich unbeschreiblich darauf, eine große Schwester zu werden!

Am nächsten Morgen traf Tami ihre Freundinnen noch vor der ersten Schulstunde im Stall vor der grünen Futterkiste. Das war ihr morgendlicher Treffpunkt vor Schulbeginn, um kurz bei den Pferden vorbeizuschauen, bevor sie sich mit langweiligen Kommaregeln und komplizierter Geometrie beschäftigen mussten.

Marlon hatte an diesem Tag erst zur zweiten Stunde Unterricht. Mit ihm war Tami in der großen Pause verabredet.

„Hey, warum strahlst du denn so wie ein Honigkuchenpferd?“, empfing sie Zoe, die ein kariertes Hemd trug, das sie vorne lässig zusammengeknotet hatte.

„Lass mich raten. Es hat doch unter Garantie etwas mit Marlon zu tun“, mutmaßte Jessy.

„Nein, es hat nichts mit Marlon zu tun“, erwiderte Tami und musste noch mehr grinsen.

„Also, wer so glückselig lächelt, dem ist auf jeden Fall etwas ganz Tolles passiert“, stellte Marit fest und schaute Tami forschend an. Dann hellte sich ihre Miene auf. „Sag nichts! Jetzt weiß ich es! Du kriegst von deinen Eltern ein eigenes Pferd geschenkt!“

Jetzt musste Tami laut lachen. „Nein. Meine Eltern haben kein Pferd für mich gekauft. Auch wenn ich mir das von Herzen wünsche.“

„Hm, mir fällt auch kein anderer Grund ein. Aber im Rätselraten war ich noch nie besonders gut“, sagte Anneke und zuckte ratlos die Schultern. „Verrätst du es uns?“

„Meine Mutter bekommt ein Baby!“, ließ Tami die Bombe platzen.

„Ach!“

„Wow!“

„Gibt’s ja nicht!“

Die Mädchen schauten sie mit großen Augen

an, als könnten sie nicht glauben, was sie eben gehört hatten.

„Ein Baby?“, fragte Marit ungläubig. „Im Ernst?“

„Ja. Ich werde eine große Schwester. Ist das nicht der Hammer?“

„Oh, das ist ja wirklich toll. Gratuliere!“, rief Anneke und umarmte Tami spontan. Anneke war ein Einzelkind und hatte sich immer ein Geschwisterchen gewünscht, wie sie Tami einmal anvertraut hatte.

„Das ist echt cool“, fand auch Zoe. „Und mit Pferdebabys hast du ja schon Erfahrungen gesammelt. Du bist also quasi perfekt auf die Rolle der großen Schwester vorbereitet.“

Tami schüttelte lachend den Kopf.

„Was wird es denn eigentlich? Bekommst du ein Brüderchen oder ein Schwesterchen?“

„Das weiß ich noch nicht, Anneke. Da müssen wir uns noch etwas gedulden.“

Die Freundinnen redeten noch eine Weile über Geschwister und Babys, dann schulterten sie ihre Rucksäcke. Es war höchste Zeit, dass sie sich auf den Weg zur Schule machten, wenn sie es noch vor dem Lehrer in den Klassenraum schaffen wollten.

Die beiden ersten Schulstunden zogen sich wie Kaugummi und Tami merkte immer wieder, wie ihre Gedanken abschweiften. Den Vokabeltest hatte sie unter Garantie verhauen. Tami nahm sich fest vor, beim nächsten Mal dafür besonders gründlich zu lernen.

In der großen Pause wartete Marlon bereits vor dem Kiosk auf sie. Als er Tami sah, ging er ihr entgegen. „Na, da bist du ja“, sagte er und gab ihr zur Begrüßung einen Kuss auf die Wange. „Du machst es ja ganz schön spannend.“

„Komm mit.“ Tami zog ihn bis zu einer Holzbank, wo sie nahezu ungestört waren.

Marlon staunte nicht schlecht, nachdem Tami ihm alles erzählt hatte. „Da denkst du, dass deine Mutter womöglich ernsthaft krank ist, und dann bekommt sie ein Baby. Echt verrückt.“

Tami lächelte. „Total verrückt, aber auch ziemlich aufregend. Ich fiebere ganz schön mit, denn bis jetzt war ich ja immer nur die kleine Schwester. Für mich ist es dann das erste Mal, dass ich für ein kleines Brüderchen oder Schwesterchen verantwortlich bin.“ Sie schaute versonnen auf ein angebissenes Käsebrot, das jemand auf der Nachbarbank liegen gelassen hatte.

„Woran denkst du?“

„Ach.“ Tami schüttelte den Kopf. „Ich habe

nur überlegt, wann ich meinem kleinen Geschwisterchen zum ersten Mal die Pferde zeigen kann."

Marlon lachte laut los. „Das ist typisch Tami! Das Baby ist noch nicht mal auf der Welt und du planst schon den ersten Ausritt mit ihm."

„Ertappt. Na ja, man kann mit so was nicht früh genug anfangen." Sie zwinkerte Marlon zu und kramte in ihrer Tasche nach einem Apfel. Erst jetzt bemerkte sie, was für einen großen Hunger sie hatte.

„Wahrscheinlich ginge es mir in dieser Situation genauso. Ich würde dann überlegen, wann ich mein Geschwisterchen zum ersten Mal zum Surfen mitnehmen könnte", scherzte Marlon und riss eine Packung Studentenfutter auf, die er zuvor aus dem Innern seines Rucksacks zutage gefördert hatte.

„Apropos, wann sehen wir uns eigentlich das nächste Mal außerhalb der Schule?" Tami biss in ihren Apfel und schaute ihren Freund dabei erwartungsvoll an.

Marlon überlegte und spielte dabei mit einer Rosine auf seiner Handfläche. „Ich fürchte, diese Woche habe ich keine Zeit. Nachmittags muss ich zur Surfschule, ich bin als Assistent für die Kurse eingeteilt worden."

„Aber das bist du doch immer“, sagte Tami, die es eigentlich toll fand, dass ihr Freund bei der Surfschule schon Nachwuchstrainer war. Doch manches Mal wünschte sie sich, Marlon würde sich ein kleines bisschen weniger für seinen Sport begeistern. „Trotzdem konnten wir uns bisher unter der Woche treffen. Auch wenn es nur kurz war.“

Marlon schüttelte bedauernd den Kopf. „Da ist wirklich gar nichts zu machen. Heute kommt eine Schulklasse aus Bayern an und die haben für den Rest der Woche Surfkurse gebucht. Da braucht Simon wirklich meine Unterstützung. Jon hilft übrigens auch mit.“ Jon war nicht bloß Marlons gleichaltriger Cousin, sondern gleichzeitig auch sein bester Freund, der praktischerweise noch dazu seine Leidenschaft fürs Surfen teilte. „Und danach muss ich noch meine Hausaufgaben erledigen.“

„Doof.“ Tami verschränkte die Arme vor der Brust. Aber sie sah ein, dass Simon, der Besitzer der Surfschule, auf die Verstärkung der beiden Jungs angewiesen war und sie die nächsten Tage auf ihren Freund verzichten musste. Im umgekehrten Fall hätte sie auch in der Reitschule mitgeholfen.

Als Tami nach Schulschluss zu Hause eintraf, erwartete ihre Mutter sie schon. „Es gibt Neuigkeiten, die ich dir in Ruhe erzählen muss", verkündete sie und ihre Augen strahlten dabei.

„Was ist es denn?" Tami legte den Rucksack auf der Kommode in der Diele ab und folgte ihrer Mutter in die Küche. Auf dem Tisch dampften Spaghetti in einer Schüssel und auf dem Herd köchelte selbst gemachte Tomatensoße vor sich hin. Außerdem standen Apfelschorle und warmer Schokopudding mit Vanillesauce bereit. Tami setzte sich auf die Eckbank. „Mhmmm, ich liebe deinen Schokopudding."

„Apfelschorle?"

„Ja, bitte."

Frau Claasen schenkte ihrer Tochter ein Glas ein, während Tami sich mit einer Gabel Nudeln auf ihren Teller schaufelte. Ihre Mutter stellte den Topf mit der Soße auf den Tisch. Dann setzte sie sich zu ihrer Tochter. „Wie du weißt, war ich heute beim Arzt wegen meiner Schwangerschaft", begann sie.

Tamis Augen weiteten sich. „Es ist doch alles in Ordnung mit dem Baby, oder?"

„Ja, Tami, du brauchst dir überhaupt keine Sorgen zu machen. Es ist alles in bester Ordnung", beschwichtigte Frau Claasen ihre Tochter.

Tami atmete erleichtert aus. „Dann ist ja gut."

„Jedenfalls war ich heute bei der Untersuchung", fuhr Frau Claasen fort. „Und dabei wurde auch ein Ultraschallbild gemacht." Sie legte eine schwarz-weiße Fotoaufnahme neben Tamis Teller.

„Das ist wirklich unglaublich", sagte Tami und betrachtete das Bild genau. „Weißt du schon, was es wird?"

„Du meinst wohl eher, was sie werden." Ihre Mutter schmunzelte.

Tamis Gabel plumpste geräuschvoll in den Teller. „Was denn? Bedeutet das etwa …"

„Ja, es werden Zwillinge. Du bekommst ein Brüderchen und ein Schwesterchen!"

Sturmtief im Anmarsch

Nach dieser Neuigkeit konnte Tami es kaum erwarten, zurück zur Reitschule zu fahren und ihren Freundinnen die Nachricht zu überbringen. Sie wurde nicht nur einfach eine große Schwester, nein, sie wurde sogar zweifache Schwester!

Leider blieb vor dem Theorieunterricht, der neben den praktischen Reitstunden auf dem Pferderücken zum Reitunterricht gehörte, keine Zeit, ihren Freundinnen alles zu berichten. Während der Theoriestunde zappelte Tami die ganze Zeit vor Aufregung auf ihrem Stuhl. Damit warten zu müssen, stellte sie auf eine harte Geduldsprobe. Obwohl Frau Kellinghaus heute das interessante und überaus wichtige Thema *Giftige Pflanzen für Pferde* behandelte, war Tami mit ihren Gedanken bei ihren Geschwisterchen.

„Zwillinge? Echt?“ Zoe staunte. Sie hielt einen stämmigen Rappen mit einer schmalen Blesse am Zügel, den sie für den heutigen Ausritt zugeteilt bekommen hatte.

„Dann seid ihr ja bald auch eine richtige Großfamilie, so wie wir“, sagte Marit und schwang sich auf ihr Pony Peppino, das sie für den heutigen Ausritt mit der Reitklasse bereits fertig gesattelt und getrenst hatte.

„Stimmt. Mein Vater will nun sogar den Dachboden ausbauen, damit wir alle genügend Platz haben.“ Tami setzte sich auf Filous Rücken und kontrollierte danach die Länge ihrer Steigbügel. „Schließlich brauchen die zwei ja ein eigenes Kinderzimmer und die anderen Räume in unserem Haus sind schon alle belegt.“

Jessy stand neben Dimplex' Vorderhufen und legte ihm beidseitig Gamaschen an. Anschließend überprüfte sie noch einmal deren Sitz und schaute dann zu Tami auf. „Na, hoffentlich kriegst du wenigstens weibliche Verstärkung und nicht zwei Brüder.“

„Da kann ich dich beruhigen. Ich kriege nämlich beides. Einen Bruder und eine Schwester. Meine Mutter hat mir vorhin das Ultraschallbild gezeigt.“

„Prima. Wir Jungs können im Reitsport nämlich Verstärkung immer gut gebrauchen", sagte Nils, gab seinem Pferd Troubadour ein Leckerli und zog sich in den Sattel.

Jessy schloss den Riemen an ihrer Reiterkappe und saß auf. „Dann wollen wir mal hoffen, dass sich Tamis kleiner Bruder auch für die richtigen Pferdestärken interessiert!"

„Dafür wird Tami schon sorgen", meinte Nils. Troubadour stampfte kräftig mit dem Vorderhuf auf und schüttelte schnaubend seinen Kopf. Der Wallach schien Langeweile zu haben und darauf zu warten, dass endlich etwas passierte. „Ist ja schon gut, mein Dicker." Nils klopfte ihm beruhigend den Hals. „Auf geht's zum Strand, Troubi."

Mit Frau Kellinghaus auf Saturn an der Spitze setzte sich die Gruppe hoch zu Ross in Bewegung. Alle Kinder waren in winddichte Regenjacken gehüllt und trugen Schals um ihre Hälse. Sie ritten zuerst einen schmalen Trampelpfad entlang, der sich über Wiesen schlängelte und am Ende direkt in den Deich überging. Von hier aus hatte man einen herrlichen Blick über Salzwiesen und Dünen bis zum breiten Strand. Frau Kellinghaus bog mit Saturn in den Dünenweg ein, der geradewegs zum Meer führte. Sie legten nun einen flotten Trab ein. Das Trappeln der Hufe wurde vom

Strandboden fast gänzlich verschluckt. Sand stob auf.

„Und Sche-ritt“, kommandierte die Reitlehrerin, als sie den Strand erreicht hatten. Die Schüler parierten ihre Pferde durch und formierten sich so, dass immer zwei Reiter nebeneinander ritten.

„Schau mal, da drüben. Ist da nicht auch Marlon dabei?“, fragte Jessy und zeigte in Richtung Meer.

Auf dem Wasser hüpften bunte Segel, deren Surfer offenbar ihre liebe Not mit den wechselnden Windrichtungen hatten. Immer wieder plumpsten sie nach nur wenigen Sekunden in die Brandung.

Tami schüttelte den Kopf. „Nein, Marlon ist nicht dabei. Aber er müsste hier eigentlich irgendwo sein.“ Sie schaute sich suchend um, entdeckte aber nur Simon und Jon, die mit einer kleinen Gruppe Surfschüler im Wasser standen und ihnen gerade etwas erklärten. Ein paar Touristen liefen zwischen den vereinzelten Strandkörben entlang und an der Surfschule spielte ein Mann mit einem Hund.

„Er wollte jedenfalls Simon bei irgendeiner Schulklasse helfen. Keine Ahnung, ob er schon weg ist“, sagte Tami zu ihrer Freundin. „Er hat in der Schule erzählt, dass er nach dem Kurs noch Hausaufgaben machen wollte."

„Da! Da vorne ist er doch, oder?" Jessy deutete zu einem lachenden Mädchen mit langen blonden Haaren, die mit einem Neoprenanzug bekleidet war und Trockenübungen am Strand mit einem Windsegel machte. Hinter ihr stand Marlon. Er lachte ebenfalls und zeigte dem Mädchen, wie es das Segel am besten hielt. Immer wieder verlor sie dabei das Gleichgewicht, weil der Wind kräftig ins Segel blies und sie nicht genügend Kraft hatte, sich dagegenzustemmen. Marlon war so intensiv mit seiner Schülerin beschäftigt, dass er die Reiter erst bemerkte, als sie fast schon neben ihm angekommen waren.

„Hey, Tami!" Er winkte seiner Freundin lächelnd zu.

Doch Tami winkte nicht zurück. Sie ärgerte sich über Marlon und war sogar etwas eifersüchtig, weil er Zeit mit diesem fremden Mädchen verbrachte statt mit ihr. Obwohl sie ganz genau wusste, dass das eigentlich Blödsinn war. Schließlich gehörten zu einer Schulklasse auch Mädchen und natürlich musste Marlon ihnen die ersten Schritte auf einem Surfbrett genauso zeigen wie den Jungen. Und trotzdem merkte sie, wie es in ihrem Bauch verdächtig grummelte.

Jessy schaute sie fragend an und runzelte leicht die Stirn. Ihr war sofort aufgefallen, dass mit ihrer Freundin etwas nicht stimmte.

„Te-rab!“, erklang die Stimme von Frau Kellinghaus in diesem Moment und sogleich setzten sich die Pferde in Bewegung. Wenig später galoppierten sie zügig über den Strand, wobei Tami auf Filou Jessy locker überholte. Der gutmütige Dimplex bevorzugte auf seine alten Tage eher eine Art Schaukelgalopp, was ihm niemand verdenken konnte.

Eine Stunde später traf die Klasse wieder auf dem Hof der Reitschule ein. Die Galoppeinlage hatte Tamis ärgerliche Gedanken komplett aus ihrem Bauch vertrieben. Das größte Glück der Erde lag eben auf dem Rücken der Pferde. Daran gab es nichts zu rütteln.

Ein leichter Nieselregen hatte während des Ausritts eingesetzt. Die Pferde dampften, als kämen sie geradewegs aus einer Sauna, aber auch die Schüler waren bei dem Ausritt tüchtig ins Schwitzen gekommen.

Tami sprang aus dem Sattel und klopfte Filous Hals. „Meine Güte, dein Fell ist ja pitschepatschenass.“ Tami zog die Steigbügel hoch und steuerte dann mit Filou hinter Marit und Peppino auf das große Stallgebäude zu. „Ich werde dich gleich schön mit Stroh trocken reiben und dir dann eine Decke umlegen“, sagte sie.

Als sie die Stallgasse betrat, blieb sie überrascht stehen. An Filous Boxentür lehnte Marlon und wartete auf sie. Die Hände hatte er in seinen Hosentaschen vergraben und auf dem Kopf trug er eine bunte Strickmütze, die sein hellblondes Haar fast komplett bedeckte. Seinen Rucksack hatte er auf einem Strohballen abgelegt.

„Hi.“

„Hi. Was machst du denn hier? Musst du nicht noch Simon helfen oder Hausaufgaben machen?“, fragte Tami und blieb mit Filou vor der Box stehen.

„Mit dem Surfkurs sind wir für heute fertig. Und vor den Hausaufgaben drücke ich mich gerne.“ Marlon trat zur Seite, damit Tami Filou in die Box bringen konnte. „Ich hätte jetzt ein bisschen Zeit und dachte, dass du vielleicht Lust auf ein Eis bei Gino hast?“

Tami blickte zu ihm. „Lust schon, aber ich habe gar kein Geld dabei.“ Sie legte sich die Trense um die Schulter, nahm Filou den Sattel ab und hievte ihn auf den Sattelbutler, der an der gegenüberliegenden Seite der Stallgasse stand. Das Gebissstück der Trense spülte sie unter kaltem Wasser ab, danach hängte sie das Zaumzeug an einen Haken.

„Ich lade dich natürlich ein." Marlon lächelte sie schief an. Ihm schien es wirklich wichtig zu sein, dass sich seine Freundin nicht vernachlässigt fühlte.

„Na, wenn das so ist." Tami hatte nun fast ein schlechtes Gewissen, weil sie vorhin am Strand so unfreundlich zu ihm gewesen war.

„Schließlich müssen wir doch noch gebührend feiern, dass du bald eine große Schwester wirst."

„Zweifache große Schwester." Tami schnappte sich eine Handvoll Stroh und begann damit Filous feuchtes Fell zu bearbeiten.

„Bitte was?"

Nun lächelte Tami und wandte sich zu ihm um. „Du hast schon richtig gehört. Ich werde eine zweifache große Schwester. Meine Mutter erwartet nämlich Zwillinge."

„Was für eine Überraschung. Das gibt dann natürlich auch eine doppelte Portion Eis." Marlon griff ebenfalls nach etwas Stroh. „Komm, ich helfe dir beim Trockenrubbeln. Zu zweit sind wir ganz schnell fertig. Und wenn wir uns beeilen, kriegen wir vielleicht noch heiße Waffeln mit Vanilleeis."

Nachdem Marlon und Tami heiße Waffeln mit Vanilleeis im Eiscafé von Tidelund verputzt hatten, mussten sich beide schleunigst auf den Heimweg machen. Es war schon fast sechs Uhr und weder Tami noch Marlon hatten sich bis dahin mit den Schulaufgaben für den nächsten Tag beschäftigt. Doch draußen vor der Eisdiele hatte sich der Himmel in der Zwischenzeit zugezogen. Aus dunklen Wolken platschten dicke Regentropfen auf den Asphalt und ein stürmischer Wind fegte durch die Straßen.

„Sieht ganz so aus, als wäre ein Sturmtief im Anmarsch", bemerkte Marlon und zog sich die Kapuze seiner Jacke über den Kopf.

Tami nickte. „Zum Glück haben wir beide eine Regenjacke an und unsere Fahrräder dabei. Am besten radeln wir sofort los, bevor das Wetter noch einen Zahn zulegt."

Sie verabschiedeten sich voneinander. Marlon hatte es nicht weit bis nach Hause, doch Tami musste bis zum anderen Ende des Städtchens fahren.

Als sie ihr Rad wenig später in der Garage abstellte, war Tami nass bis auf die Unterhose. „Brrr! Was ein Schietwetter", brummte sie und fröstelte leicht. Die Nässe auf ihrer Haut fühlte sich durch den Wind ziemlich kalt an. Hastig lief sie die Treppenstufen in den ersten Stock hinauf, um möglichst schnell aus den nassen Sachen zu kommen und sich aufzuwärmen. Doch aus ihrem Zimmer erklangen merkwürdige Geräusche, als würden Möbel gerückt.

Tami traute ihren Augen nicht, als sie ihr Zimmer betrat. „Was macht ihr denn hier?“

Tamis Vater hatte eine komplette Seite des Raumes leer geräumt und baute dort ein zweites Bett auf. Neben ihm lag allerhand Werkzeug auf dem Boden und eine Anleitung für das neue Bett. Tamis Mutter bezog derweil ein Kopfkissen mit einem frischen Bezug.

„Hat es nicht noch ein paar Monate Zeit, bis die Zwillinge kommen? Und wieso stellst du ein zweites Bett in mein Zimmer? Darin können doch keine Babys schlafen.“

„Nein, nein, Tami. Das ist auch gar nicht für die Babys.“ Ihr Vater lachte, hievte eine Matratze auf den Lattenrost und ließ sich probehalber darauf nieder. „Hält.“

„Aber wieso stellt ihr dann noch ein Bett in mein Zimmer? Ich brauche doch nur eins. Und das habe ich ja erst vor zwei Jahren bekommen.“

Frau Claasen schüttelte das Kissen auf und legte es dann auf der Matratze ab. „Hör zu, Tami, Papa und ich müssen dir etwas sagen. Es ist nämlich so … Vorhin habe ich mit Tante Sabine telefoniert und ihr erzählt, dass wir bald Zuwachs bekommen. Und sie hat mir sofort ihre Hilfe in der Konditorei angeboten. Das ist wirklich toll und für mich die perfekte Lösung. Bald kann ich die viele Arbeit nicht mehr alleine schaffen. Schwere Dinge darf ich jetzt schon nicht mehr heben. Und Oma schafft es nicht mehr, voll mitzuarbeiten, und Peer ist ja noch in der Ausbildung."

„Ach so. Dann ist das Bett für Tante Sabine? Wann kommt sie denn?"

„Nein, nein. Das Bett ist gar nicht für Tante Sabine", erklärte Frau Claasen.

Tami schüttelte den Kopf. „Für wen ist es dann?"

„Für deine Cousine", schaltete sich nun Herr Claasen ein.

„Für Lisa?", fragte Tami entsetzt.

„Ja. Oder hast du noch eine andere Cousine, von der wir nichts wissen?" Herr Claasen zwinkerte seiner Tochter vergnügt zu und legte einen Schraubenzieher zurück in seinen Werkzeugkasten.

Tami musste schlucken. Ihre Cousine Lisa war zwar ebenfalls dreizehn Jahre alt, doch damit hörten ihre Gemeinsamkeiten auch schon auf.

Mit Grausen dachte sie an Omas letzten Geburtstag, zu dem Tante Sabine und Lisa eingeladen gewesen waren. Zuerst hatte Tami ihre Cousine kaum erkannt, so stark war sie geschminkt gewesen. Neben Kosmetik hatte Lisa nur die neueste Mode im Kopf und schwärmte für eine englische Boygroup, von der Tami noch nie zuvor etwas gehört hatte. Erschwerend kam hinzu, dass sich Lisa überhaupt nicht für Pferde interessierte. Und mit dieser Zicke sollte sich Tami nun das Zimmer teilen? Das ging ja gar nicht!

„Wie lange bleiben denn Tante Sabine und Lisa?“, fragte Tami. Insgeheim hoffte sie, dass es nur ein paar Tage sein würden.

„Die beiden werden hierher ziehen. Tante Sabine war ja sowieso gerade auf der Suche nach einem neuen Job, für sie ist die Arbeit in der Konditorei eine tolle Möglichkeit. Und wir freuen uns wirklich sehr über die Unterstützung! Die Zwillinge zu versorgen, wird mich rund um die Uhr beschäftigen. Da bleibt keine Zeit für die Konditorei.“

„Aber das sind ja mehrere Monate. Vielleicht sogar für immer“, stellte Tami erschrocken fest, nachdem sie den ersten Schreck verdaut hatte. „Und was ist mit der Schule?“

„Lisa wird dann in Tidelund die Schule besuchen. Gleich morgen wird sie angemeldet." Tamis Mutter griff nach der Regenjacke. „Die ist ja tropfnass. Am besten hänge ich sie mal zum Trocknen über die Wäscheleine."

„Auf welche Schule wird Lisa denn gehen?", erkundigte sich Tami, die davon ausging, dass ihre Cousine an ihrer alten Schule angemeldet werden würde, die nichts mit Pferden zu tun hatte.

„Aufs Nordlicht natürlich. Du kannst sie dann gleich deinen Freundinnen vorstellen. So wird sich Lisa nicht so fremd fühlen und schnell Anschluss finden", antwortete ihr Vater.

Tami musste sich setzen. Bei dem Gedanken, dass sie ihre affige Cousine ihren Freundinnen vorstellen musste, wurde ihr ganz flau in der Magengegend. „Aber sie reitet doch gar nicht", protestierte Tami schwach und hoffte, damit die Entscheidung doch noch ins Wanken bringen zu können.

„Das macht doch nichts. Am Nordlicht sind doch genügend Schüler, die ebenfalls nicht reiten. Aber nun zieh dir mal trockene Sachen an, Tami. Du holst dir ja sonst einen Schnupfen. Oder besser noch, du nimmst ein heißes Bad", schlug ihre Mutter vor.

Niedergeschlagen nahm Tami ihren Bademantel aus dem Kleiderschrank und trottete ihrer Mutter hinterher, die bereits heißes Wasser in die Wanne laufen ließ. Sie sollte wahrhaftig Lisa ihren Freundinnen vorstellen. Dieses hochnäsige Huhn. Aber nur unter Protest!

Das nächste Sturmtief war bereits im Anmarsch. Und das würde es ordentlich in sich haben. Da war Tami sich sicher.

Die Gäste ziehen ein

Tante Sabine und Lisa kamen bereits am nächsten Sonntagmorgen mit Sack und Pack in Tidelund an. Tamis Vater holte sie mit dem Lieferwagen vom Bahnhof ab. Tami beobachtete vom Fenster aus, wie ihr Vater die vielen Taschen aus dem Auto hievte. Ihre Tante und Lisa stiegen aus dem Wagen und marschierten auf die Haustür zu. Es war unübersehbar, dass Tante Sabine die Schwester ihrer Mutter war: Beide hatten das gleiche wellige flachsblonde Haar und schöne, geschwungene Lippen. Lisa war etwas kleiner als Tami und äußerst zierlich, sie wirkte beinahe wie eine Balletttänzerin. Oder wie eine Elfe. Hellblonde Locken fielen ihr engelsgleich über die Schultern. Zudem hatte Lisa große blaue Augen, die sie mit reichlich Eyeliner betonte. Sie trug ein enges blaues Kleid und ihre Füße steckten in grauen Stiefeletten. Eine richtige Modepuppe, die vermutlich auch Kalorien zählte.

„Los, komm. Sie sind da!“, rief Peer, dem die Ankunft von Tante Sabine und Lisa ebenfalls nicht entgangen war.

„Bin schon unterwegs.“ Tami seufzte kurz auf und lief dann hinter ihrem Bruder die Treppenstufen ins Erdgeschoss hinunter. Ihre Mutter und Oma standen bereits in der Diele und begrüßten Tante Sabine und Lisa. Tami und Peer taten es ihnen gleich.

Nach einem ausgiebigen zweiten Frühstück schleppte Herr Claasen Lisas Koffer in Tamis Zimmer.

„Papa hat extra ein neues Bett für dich aufgestellt.“ Tami wies auf die zweite Schlafmöglichkeit.

„Okay.“ Lisa schaute sich im Zimmer um und stemmte dabei die Hände in die Hüften. „Aber hier muss ich noch einiges verändern. So kann das nicht bleiben.“

„Was meinst du?“ Tami wusste nicht, wovon ihre Cousine redete.

„Na, zum Beispiel die Pferdebilder hier“, sagte Lisa, zog dabei die Augenbrauen hoch und wies auf die eingerahmten Fotos und Poster, die über ihrem Bett hingen. „Die gehen gar nicht. Davon kriege ich wahrscheinlich Albträume." Sie griff entschlossen nach den Bildern, hängte sie ab und ersetzte sie durch eigene aus ihrem Koffer, auf denen Topmodels und gut aussehende Jungs abgebildet waren.

Tami schluckte ihre aufkeimende Wut hinunter. Sie hatte sich fest vorgenommen, sich gut mit Lisa zu verstehen. Egal ob sie Pferde mochte oder nicht.

Zum Glück steckte in diesem Moment Tante Sabine ihren Kopf ins Zimmer.

„Das ist aber ein schönes Bett", sagte Lisas Mutter und legte sich zur Probe auf die Matratze. „Richtig bequem. Und sogar mit Balkon und Blick in den Garten. Toll."

Wie gern hätte Tami ihr Zimmer mit Tante Sabine geteilt. Mit ihr hätte sie wahrscheinlich keine Probleme wegen der Pferdebilder gehabt.

„Na ja, das Bett ist ganz okay. Aber ich muss hier noch etliches umdekorieren", meinte Lisa herablassend.

Tante Sabine überhörte den Ton ihrer Tochter und wandte sich stattdessen Tami zu. „Was hast du denn Schönes für heute geplant?"

„Eigentlich wollte ich wie jeden Sonntag in den Stall gehen. Zu den Pferden."

„Das ist doch prima! Dann kannst du Lisa

gleich mitnehmen und ihr alles zeigen. Vielleicht bekommt sie dann ja auch Lust, reiten zu lernen. Eine wirklich wunderbare Idee, oder Lisa?“ Tante Sabine strahlte ihre Tochter an und ließ sich von deren wenig begeisterter Miene nicht beeindrucken.

„Bestimmt nicht. Reiten und Pferde sind nicht so meins“, entgegnete Lisa abwehrend. „Ich möchte viel lieber eine Serie im Internet gucken.“

Tante Sabine machte eine wegwerfende Handbewegung. „Ach, papperlapapp! Die Serie kannst du auch morgen noch schauen. Natürlich gehst du mit Tami in den Stall. Du bist sowieso viel zu selten an der frischen Luft. Du kannst eine von deinen älteren Jeans anziehen und vielleicht leiht dir Tami noch ein paar Gummistiefel.“

Trotz ihres Widerwillens zog Lisa sich um, knotete die Haare zu einem Pferdeschwanz und begleitete Tami in quietschgelben Gummistiefeln zum Reitstall des Internats.

„Riecht ja ganz schön muffig hier“, sagte Lisa und zog die Nase kraus, als sie den Hof überquerten und an der Grube mit dem Pferdemist vorbeikamen.

„Sei froh, dass nicht Hochsommer ist. Was meinst du, wie es dann riecht. Und die Fliegen erst, die dann über dem Haufen kreisen“, erwiderte Tami, um Lisas Meckerei etwas entgegenzusetzen.

Sie führte ihre Cousine durch das große grüne Holztor in das aus rotem Backstein gemauerte Stallgebäude, in dem sich die Box von Ricardo befand. „Schau mal, das ist Ricardo. Ist er nicht süß?“, versuchte Tami, Lisa für das Fohlen zu begeistern.

Lisa linste durch die Stäbe in die Box. „Ja, das Pferd ist ganz niedlich“, gab sie schließlich gelangweilt zu.

„Der arme kleine Kerl ist erst vor ein paar Tagen in seine eigene Box gezogen, weil er von seiner Mutter getrennt werden musste.“

„Wieso denn das? Ist so was nicht Tierquälerei?“, fragte Lisa verständnislos und betrachtete das Tier nun interessierter.

Hinter ihnen erklangen Schritte. „Nein, das ist absolut keine Tierquälerei“, sagte eine Mädchenstimme. Marit hatte den Stall betreten und schleppte einen Eimer Kraftfutter in ihrer rechten Hand. Sie gesellte sich zu den Mädchen und stellte den Behälter auf dem Boden ab. „Die Trennung von der Mutter ist zwar traurig für das Kleine, aber sie ist notwendig“, erklärte sie Lisa.

„Marit, das ist meine Cousine Lisa. Lisa, das ist

meine beste Freundin Marit. Ihren Eltern gehören der Stall und die Reitschule", stellte Tami die Mädchen vor.

Marit streckte ihre Hand aus. „Ah, du bist das. Freut mich, dich kennenzulernen, Lisa."

„Mich auch", antwortete Lisa und lächelte Marit sogar an.

„Tami hat schon erzählt, dass du auch aufs Nordlicht gehen wirst. Nimmst du dann auch am Reitunterricht teil?"

„Nein. Ich kann gar nicht reiten", antwortete Lisa.

„Ach, das ist kein Problem. Das kannst du hier lernen. Was haltet ihr davon, wenn wir zusammen eine Besichtigung machen? Wir schauen uns die Ställe, die Weiden, die Reithalle und die Außenplätze an", schlug Marit vor.

„Äh … ich glaube nicht … ", wollte Tami abwiegeln.

„Ja, gerne", fiel ihr da Lisa eifrig ins Wort.

Tami wunderte sich, dass Lisa Marit gegenüber bisher mit keiner Silbe erwähnt hatte, dass sie sich eigentlich nicht für Pferde interessierte.

Also trottete sie den beiden hinterher und staunte nicht schlecht, als Lisa Marit sogar Fragen über den Hof und die Pferde stellte. Sie schien geradezu an Marits Lippen zu hängen. Bald kam sich Tami überflüssig vor. Marit war so in ihrem Element, Lisas Fragen zu beantworten, dass sie gar nicht bemerkte, wie Tami immer weiter hinter ihnen zurückblieb.

„Ich gehe mal zu Thunderstorm“, sagte sie schließlich, weil sie keine Lust mehr darauf hatte, den beiden wie ein Hund hinterherzudackeln.

„Ist okay. Wir treffen uns dann an der Koppel, wenn wir mit der Besichtigung fertig sind“, antwortete Marit.

Tami lief zu der Weide, auf der Thunderstorm graste. Dort angekommen, traf sie auf Nils, der auf dem Gatter saß und seinen Wallach Troubadour beobachtete.

„Hey, Tami. Was machst du denn so ganz allein hier?“, begrüßte er sie.

„Hi, Nils. Dasselbe könnte ich dich fragen“, entgegnete sie und grinste ihn an.

„Ach, ich sitze hier einfach nur so rum. Ist ja kaum einer da, wenn Besuchswochenende ist. Und ich kann ja nicht einfach mal so eben meine Eltern in den Vereinigten Arabischen Emiraten besuchen“, sagte er.

Tami nickte. „Wohl kaum.“

„Aber sag mal, du bist doch vorhin mit einem anderen Mädchen gekommen. Oder habe ich mich da verguckt?“

Tami schüttelte den Kopf. „Nein, hast du nicht. Das war Lisa, meine Cousine. Sie geht ab morgen auch auf das Nordlicht." Tami schaute auf die Weide und beobachtete Thunderstorm, die mit einem anderen Jährling um die Wette galoppierte. Dann seufzte sie leise.

„Aha." Nils schaute sie neugierig an. „Und was noch?"

„Wie, was noch?", fragte Tami irritiert.

„Na, das hört sich nicht so an, als würdest du dich sonderlich darüber freuen, dass deine Cousine da ist", stellte Nils fest.

Tami schaute ihn von der Seite an und nickte dann. „Stimmt. Sie ist irgendwie so ganz anders als ich. Wäre Lisa nicht meine Cousine, hätte ich wahrscheinlich nichts mit ihr zu tun. Sie mag nämlich keine Pferde, musst du wissen."

„Warum das denn? Mögen nicht alle Mädchen Pferde?"

Tami verzog den Mund. „Ja, alle Mädchen, außer meiner Cousine. Sie findet, dass sie stinken und dass die Reiterei total uncool ist."

„Aha. Wirklich höchst interessant. Ist mir bislang noch gar nicht aufgefallen", sagte Nils erstaunt. „Und wofür interessiert sich deine Cousine dann?"

„Für Mode, Schminke und eine Boyband",

zählte Tami auf. „Alles Dinge, von denen ich keine Ahnung habe."

„Verstehe. Dann hast du es wirklich nicht leicht mit ihr."

„Nein." Tami war froh, dass sie Nils getroffen hatte.

„Und wo ist sie jetzt?", fragte er.

„Mit Marit unterwegs."

„Wieso denn mit Marit?"

„Sie lässt sich den Hof zeigen."

„Hast du nicht eben gesagt, dass sie sich nicht für Pferde interessiert? Das passt doch überhaupt nicht zusammen."

„Das ist es ja eben. Tut sie auch gar nicht. Doch als Marit aufgetaucht ist, wollte sie sich ganz plötzlich alles ansehen. Obwohl sie doch nur zum Reitstall mitgekommen ist, weil ihre Mutter darauf bestanden hat. Und auf einmal fragt sie Marit über den Hof und die Pferde ein Loch in den Bauch."

„Hm. Äußerst seltsam, das Ganze." Nils zuckte ratlos die Schultern. „Guck mal da, wenn man vom Teufel spricht ..." Er machte eine Kopfbewegung zum Trampelpfad hin, auf dem Marit und Lisa geradewegs auf sie zusteuerten.

Wenig später erreichten die beiden schwatzenden Mädchen das Gatter. Lisa wirkte gut gelaunt und ihre Wangen leuchteten rosig vor Aufregung. Und auch Marit schien die Führung über den Hof Spaß gemacht zu haben. Tami machte Nils und Lisa miteinander bekannt.

„Stellt euch vor, wir haben Marits Mutter getroffen und sie hat mir angeboten, dass ich Longenstunden nehmen kann. Ist das nicht ein Knaller?“, platzte Lisa heraus.

Tami riss die Augen weit auf und auch Nils schaute verwundert. Nie im Leben hätte sie damit gerechnet, dass ausgerechnet ihre Cousine, die Pferde nie gemocht hatte, Reitstunden nehmen würde.

„Longenstunden? Du? Ich glaube, ich habe mich verhört“, sagte Tami erstaunt.

„Wieso denn? Ich kann doch auch reiten lernen“, erwiderte Lisa unschuldig, als wäre es das Normalste auf der Welt.

„Im Ernst?“, fragte Tami nach und schaute ihre Cousine dabei ungläubig an. Was war denn auf einmal in Lisa gefahren?

„Wieso denn nicht, Tami?“, schaltete sich Marit nun ein. „Lisa hat eben der Pferdevirus befallen.“ Sie zwinkerte Lisa zu, die sie anstrahlte, als wären beide beste Freundinnen.

Tami und Nils tauschten einen kurzen Blick aus. Tami wusste nicht, was sie von der plötzlich entdeckten Pferdeliebe ihrer Cousine halten sollte und wieso Marit sich so fabelhaft mit ihr verstand. Das konnte ja noch heiter werden. Ihr Bauchgefühl funkte ihr jedenfalls, dass da irgendetwas nicht stimmen konnte.

Tami wittert eine Verschwörung

Am nächsten Morgen klopfte Tami ungeduldig an die Tür des Badezimmers, durch die sie das gleichmäßige Wasserrauschen der Dusche vernehmen konnte. „Bist du da drin bald mal fertig? Andere wollen auch noch etwas vom heißen Wasser abhaben.“

„Jaaahaaa … gleich. Ich muss nur noch die Haarkur auswaschen“, erklang Lisas genervte Stimme.

Sie blockierte das Bad nun seit knapp einer Dreiviertelstunde und schien noch lange nicht fertig zu sein.

„Das hast du vor einer Viertelstunde auch schon gesagt“, rief Tami und stapfte zurück in ihr Zimmer. Eine Haarkur vor der Schule zu machen! Auf diese Idee konnte auch nur ihre Cousine kommen.

Der Wecker hatte um sechs Uhr geklingelt und Tami hatte Lisa leichtsinnigerweise den Vortritt im Bad gelassen. Nun zeigte die Digitalanzeige kurz nach sieben an und Tami war weder gewaschen noch gekämmt. Und die erste Unterrichtsstunde begann pünktlich um 7.45 Uhr. Selbst wenn Lisa genau jetzt aus dem Bad käme, müsste Tami sich überschlagen, um rechtzeitig fertig zu werden. Morgen würde sie auf jeden Fall extrafrüh aufstehen, um die Erste im Bad zu sein.

Zehn Minuten später war Lisa endlich fertig und Tami stürzte sogleich ans Waschbecken, um in der verbleibenden Zeit wenigstens eine Katzenwäsche hinzubekommen.

Als Tami sich endlich für die Schule angezogen hatte, war Lisa bereits mit dem Frühstücken fertig. Sie war perfekt zurechtgemacht und geschminkt, so als käme sie geradewegs vom Stylisten. In diesem Aufzug passte Lisa besser auf die Tanzfläche einer Disco als in ein Klassenzimmer. Tami hingegen hatte sich die Haare nur notdürftig zu einem Zopf zusammengebunden und musste ihr Brötchen unterwegs essen, während sie mit dem Rad zur Schule fuhr. Ihr blieb noch nicht einmal mehr Zeit, um sich wie jeden Morgen mit ihren Freundinnen im Stall zu treffen. Mit dem letzten Glockenklingeln huschte sie ins Klassenzimmer und ließ sich auf ihren Platz neben Marit fallen, die in einen Artikel vertieft war. Ihre Cousine hatte Tami zuvor am Lehrerzimmer abgesetzt, wo Lisa mit ihrer Klassenlehrerin verabredet war.

„Wo warst du denn?“, fragte Marit und packte die neue Ausgabe ihres Reitmagazins in die Schultasche. „Wir dachten schon, du bist vielleicht krank oder so.“

„Lisa hat das Bad blockiert. Deshalb habe ich es leider nicht geschafft“, erklärte Tami und rieb sich schläfrig über die Augen.

„Ach so, deswegen.“ Marit grinste sie an.

„Warum grinst du denn so?“

„Na ja, das erklärt die wilde Frisur, die du heute trägst“, sagte Marit und machte eine abenteuerliche Handbewegung. „Wie heißt denn deine neue Frisur? Welle Wahnsinn?“

Marit hatte recht. Tami hatte gar nicht bemerkt, dass ihr Zopf sich fast komplett aufgelöst hatte und einige Haarsträhnen nach oben abstanden.

„Das muss der Fahrtwind auf dem Fahrrad gezaubert haben.“ Schnell band sie sich die Haare neu zusammen und winkte dabei kurz Jessy, Anneke und Zoe, die ein paar Bänke hinter ihr saßen, zu. „Besser?“

„Viel besser." Marit hielt ihren Daumen hoch. „Ich habe den anderen übrigens von Lisa erzählt."

In diesem Moment betrat Frau Grollich mit Tamis Cousine im Schlepptau den Raum. Während die Lehrerin Lisa der Klasse vorstellte, beobachtete Tami, wie einige ihrer Mitschülerinnen ihrer Cousine bewundernde Blicke zuwarfen. Anschließend durfte Lisa sich auf den Stuhl neben Jessy setzen, deren Banknachbarin mit einer Grippe im Bett lag.

In der großen Pause saßen Tami und Marlon im Schulhof und beobachteten, wie sich zahlreiche Schülerinnen um Lisa scharten.

„Eigentlich wollte ich mich ja in den ersten Tagen um sie kümmern, bis sie Freunde gefunden hat. Aber das hat sich ja schon erledigt."

„Erinnert mich irgendwie ein bisschen an diese eine Sage …"

„Was für eine Sage denn?"

„Wie hieß sie doch gleich?" Marlon dachte angestrengt nach. „Ach, ich weiß es wieder: *Der Rattenfänger von Hameln.*"

Tami schmunzelte. „Das ist aber ein äußerst merkwürdiger Vergleich."

„Sie hat eben schnell Fans gefunden. Und ich

kann noch nicht einmal sagen, dass mich das sonderlich stört." Marlon lächelte Tami breit an und biss ein Stück von seinem Schokoriegel ab.

„Wieso? Was hast du denn damit zu tun?"

„Eine Menge sogar, weil du so in den Pausen Zeit für mich hast und dich nicht um deine Cousine kümmern musst."

Tami lachte auf. „Ich frage mich nur, ob die nachher alle auch dabei sind, wenn Lisa ihre erste Longenstunde hat."

„Bestimmt. Wahrscheinlich ist die Tribüne in der Reithalle bis auf den letzten Platz belegt und ihre Fans malen für sie Plakate, auf denen so was steht wie *Du schaffst es, Lisa!*", witzelte Marlon und knuffte Tami in die Seite.

Tami prustete los. „Du Spinner! Auf was für Ideen du immer kommst."

„Immerhin bringen dich meine Ideen zum Lachen und du schaust nicht mehr so muffig drein wie zu Beginn der Pause. Dafür ist mir jedes Mittel recht."

Doch so falsch sollte Marlon mit seiner Prognose nicht liegen: Als Lisa am späten Nachmittag aus der Sattelkammer trat, wo sie sich die geliehene Reithose von Anneke und ein Paar Reitstiefel aus dem Fundus übergezogen hatte, warteten sechs

Mädchen auf ihr Erscheinen. Lisa drehte sich demonstrativ um die eigene Achse und ließ sich von ihrem Publikum ausgiebig bewundern, als wäre sie auf einem Laufsteg und würde teure Designer-Reitmode präsentieren. Ihre Lippen waren immer noch perfekt geschminkt und auch das Kajal um ihre Augen sah aus, als hätte sie es eben erst aufgetragen.

„Wow! Das steht dir echt gut“, meinte ein Mädchen mit Kurzhaarfrisur.

„Die Hose passt dir richtig gut. Als wäre sie extra für dich genäht worden“, fand Anneke. „Viel besser als mir.“

„Du siehst wirklich toll aus. Fast wie ein Reiter-Model“, sagte ein anderes Mädchen aus ihrer Reitgruppe, was Lisa sichtlich gefiel. Sie strahlte noch mehr und warf demonstrativ ihre goldenen Locken über die Schulter.

Tami hingegen lehnte mit verschränkten Armen an der Futterkiste und beobachtete das Spektakel aus einiger Entfernung. Was für ein Theater! Neben Tami standen Zoe und Jessy, die die ganze Show mit gerunzelter Stirn verfolgten.

„Wie im Zoo“, sagte Zoe und rollte mit den Augen.

Marit hatte inzwischen Dimplex gesattelt und getrenst und führte ihn nun in die Stallgasse.

„Ich wäre dann so weit, Lisa. Kommst du mit in die Halle?“

„Ich bin gespannt, ob sie sich tatsächlich traut aufzusteigen“, raunte Tami Zoe und Jessy zu, als sie gemeinsam über den Hof zur Halle marschierten.

„Wieso sollte sie sich nicht trauen?“, wollte Jessy wissen.

Tami zuckte mit den Schultern. „Sie mag keine Pferde – angeblich. Vielleicht hat sie aber auch einfach nur Angst vor ihnen?“

„Das könnte sogar sein“, sagte Zoe nachdenklich und verengte dabei ihre Augen zu Schlitzen. „Schaut euch nur mal an, wie weit sie von Dimplex Abstand hält. Jeder andere angehende Reiter würde das Pferd doch gern selbst zur ersten Stunde führen.“

Auf den Zuschauerplätzen der Tribüne saßen tatsächlich ein paar ihrer Mitschülerinnen. Allerdings fehlten die von Marlon vorhergesagten Plakate. In der Mitte der Halle wartete Frau Kellinghaus auf ihre neue Reitschülerin.

Tami, Jessy und Zoe suchten sich drei freie Plätze in der hintersten Reihe, während Anneke und Marit an der Bande lehnten und wichtige Gesichter machten, als wären sie Lisas persönliche Assistenten. Tami schüttelte den Gedanken jedoch gleich wieder ab und konzentrierte sich auf Frau Kellinghaus, die Lisa gerade das korrekte Aufsitzen erklärte.

Nach dem vierten Versuch hatte es Lisa endlich geschafft: Sie saß im Sattel.

Zu Tamis Erstaunen hatte sich ihre Cousine tatsächlich getraut, auf Dimplex' Rücken zu klettern. „Nicht zu fassen. Sie hat es wirklich getan", murmelte sie vor sich hin.

„Man merkt ihr gar nicht an, dass sie Pferde doof findet", bemerkte Zoe. „Bis jetzt jedenfalls."

Dann begann die Longenstunde. Tami, Zoe, Jessy und das restliche Publikum verfolgten gebannt Lisas Reitkünste. Tami konnte sich nach wie vor keinen Reim auf die Show machen, die Lisa hier abzog. Sie wusste doch genau, dass über Lisas Bett die Bilder von Topmodels und Boybands klebten und die Pferdefotos in einer Schublade lagen.

Nach der Reitstunde führte Marit den Wallach wieder zurück zum Stall. Dort zeigte sie Lisa an einem von Dimplex' vorderen Hufen, wie man sie am besten auskratzte. Danach durfte Lisa ihr Glück an dem anderen Vorderhuf versuchen.

„Probier es mal aus. Ist ganz einfach. Besonders vorne", wurde sie von Marit ermutigt.

Lisa trat zögerlich an das Pferd heran und bemühte sich, ihre Scheu vor dem stämmigen Wallach zu verbergen. Tami bemerkte Lisas verkrampftes Lächeln. Ganz wohl schien sich ihre Cousine dabei nicht zu fühlen.

„Wichtig ist, dass du mit dem Hufkratzer nicht auf dem Strahl herumkratzt“, erklärte Marit Lisa, während sie ihr über die Schulter schaute. „Ja, prima. Genau so ist es richtig. Das reicht für heute. Die hinteren Hufe mache ich gleich. Aber du kannst noch den Sattel wegbringen und das Gebissstück der Trense abwaschen.“

„Ja, gerne“, sagte Lisa. Tami konnte ihr die Erleichterung darüber ansehen, dass ihr das Säubern der Hinterhufe erspart blieb.

In den kommenden Tagen bemerkte Tami, dass sie ihre Cousine so gut wie gar nicht mehr zu Gesicht bekam. Langsam beschlich sie der Verdacht, Lisa würde ihr absichtlich aus dem Weg gehen. In der Schule war sie stets von Mitschülerinnen umgeben, die sie anhimmelten. Und zu Hause schien Lisa darauf zu achten, möglichst nicht mit Tami allein in einem Raum zu sein. Außerdem fiel Tami auf, dass Lisa recht häufig etwas mit Anneke und Marit unternahm. So kam es, dass sich Tami, Zoe und Jessy immer öfter zu dritt trafen.

„So geht das doch nicht weiter“, sagte Tami eines Nachmittags unvermittelt. Die drei Mädchen waren mit Plastikeimern bewaffnet am Strand unterwegs. Sie hielten nach Bernstein und Muscheln Ausschau, woraus sie Halsschmuck basteln wollten.

„Was geht so nicht weiter?“, wollte Jessy wissen und bückte sich nach einer besonders schönen Herzmuschel, die sie im Sand entdeckt hatte.

„Seitdem Lisa bei uns wohnt, ist irgendwie alles durcheinander. Wir unternehmen kaum mehr etwas zusammen mit Anneke und Marit. Sonst haben wir das doch jeden Tag gemacht. Mittlerweile weiß ich gar nicht mehr, was die so treiben. Ist euch das nicht auch aufgefallen?“, fragte Tami und schaute einem Krebs dabei zu, wie er seitwärts über den Strand lief.

„Stimmt. Besonders oft haben wir uns in letzter Zeit nicht verabredet“, pflichtete Zoe ihrer Freundin bei. „Darüber habe ich auch schon nachgedacht. Ich weiß zwar nicht, wie es dazu gekommen ist, doch eins ist sicher: Das muss sich unbedingt wieder ändern.“

„Aber wie? Oder besser: Wodurch? Wir können Anneke und Marit doch nicht verbieten, sich mit Lisa zu treffen. Oder ihnen Vorschriften machen, wie oft sie sich mit uns verabreden müssen.“ Jessy säuberte die Muschel in der Meeresbrandung und fügte nachdenklich hinzu: „Sie müssen freiwillig mit uns zusammen sein wollen."

„Das ist eh klar." Tamis Blick schweifte in die Ferne, bis er an einem ganz bestimmten Punkt hängen blieb. „Und deswegen ist das eindeutig ein Fall für die Muschelkiste."

„Was hat denn der Pfahlbau damit zu tun?"

„Ist doch klar. Wir müssen uns in unserem Geheimversteck mit Marit und Anneke treffen und über die komische Situation reden. Allerdings ohne Lisa. Dann werden wir ja hören, was die beiden uns zu sagen haben."

„Das ist eine sehr gute Idee. Endlich wird die Muschelkiste mal wieder gebraucht", rief Zoe.

„Ja, prima! Gut, dass wir einen geheimen Treffpunkt haben. Wann sollen wir unsere Versammlung am besten abhalten? Gleich morgen?", fragte Jessy aufgeregt. Für sie war es das erste heimliche Treffen in der Muschelkiste.

„So schnell wie möglich natürlich. Und morgen passt es doch perfekt. Da haben wir nachmittags frei und Lisa wollte mit meiner Tante nach Husum zum Einkaufen fahren."

„Dann können Anneke und Marit sich also nicht mit Lisa verabredet haben", kombinierte Jessy.

„Und somit haben sie auch Zeit, sich mit uns in der Muschelkiste zu treffen“, vervollständigte Zoe den Gedanken. „Perfekt!“

„Genau.“

Jessy rieb sich eifrig die Hände. „Toll! Wann wollen wir es ihnen denn sagen? Heute noch?“

Tami schüttelte den Kopf. „Nein, am besten erzählen wir ihnen erst morgen nach Schulschluss davon. Sonst löchern sie uns die ganze Zeit mit Fragen.“

Zoe hob einen Finger. „Und was noch viel wichtiger ist: Lisa bekommt davon keinen Wind. Stellt euch vor, sie würde herauskriegen, was wir planen, und nicht mit ihrer Mutter zum Einkaufen fahren. Dann würde unser Plan platzen.“

„Dann ist es abgemacht. Wie wäre es mit morgen um drei Uhr nachmittags?“, schlug Jessy vor, deren Wangen sich vor Aufregung gerötet hatten.

„Nein, das ist viel zu früh.“ Tami schüttelte den Kopf. „Du darfst nicht vergessen, dass um diese Uhrzeit die Leute von der Strandaufsicht dort noch ihren Dienst tun. Lieber etwas später, dann sind wir auf der sicheren Seite.“

Gesagt, getan. Am nächsten Tag informierten Zoe und Jessy ihre Freundinnen nach Schulschluss von ihrem geplanten Treffen in der Muschelkiste. Nachdem Lisa und Tante Sabine zu ihrem Einkaufsbummel aufgebrochen waren, machte sich Tami auf den Weg Richtung Meer.

Die Muschelkiste war ein alter Pfahlbau und lag mitten auf dem Tidelunder Strand. Normalerweise wurde das gestelzte Holzhaus von der Strandaufsicht als Stützpunkt genutzt, um die Sicherheit von Badegästen, Sportlern und Spaziergängern zu garantieren. In den Herbstmonaten allerdings, wenn das Wetter unbeständiger, die Tage kürzer und die Nordsee kühler wurde, kamen weitaus weniger Menschen an den Strand, sodass die Muschelkiste nur bis zum Nachmittag besetzt war.

Im letzten Schuljahr hatte Tami zufällig einen Einstieg von außen entdeckt, der in der Gerätekammer des hölzernen Pfahlbaus endete. Der Raum bot genügend Platz und war geradezu perfekt für die heimlichen Zusammenkünfte der Pferdefreundinnen.

„Ihr macht es aber echt spannend", sagte Marit, die sich im Schneidersitz auf eine Decke gesetzt hatte.

„Ja, wirklich. Ich habe überhaupt keine Ahnung, um was es geht", meinte Anneke und schaute gespannt zu ihren Freundinnen.

„Dann werden wir nun das Geheimnis lüften." Tami hatte sich zuvor Gedanken darüber gemacht, wie sie Marit und Anneke am besten beibringen konnte, dass sie sich vernachlässigt fühlten. Sie wollte unbedingt vermeiden, vorwurfsvoll oder eingeschnappt zu klingen. „Uns ist aufgefallen, dass wir in letzter Zeit gar nichts mehr zusammen unternehmen. Und das finden wir schade –"

„Seitdem Lisa da ist, um genau zu sein", fiel Zoe ihr mit vorwurfsvollem Ton ins Wort.

Mist! In diese Richtung sollte es eigentlich nicht laufen.

„Was soll das denn heißen? Willst du damit etwa sagen, Anneke und ich wollen nicht mehr mit euch befreundet sein?", fragte Marit aufgebracht. Ihre Wangen glühten vor Erregung. „Was für ein großer Quatsch!"

„So ein großer Quatsch ist es aber gar nicht", mischte sich nun auch Jessy ein. „Ihr kommt noch nicht einmal mehr morgens vor der Schule in den Stall, um euch mit uns zu treffen. So wie wir es sonst jeden Tag gemacht haben. Ihr hängt ständig mit Lisa ab und tut teilweise echt so, als würde es uns überhaupt nicht geben. Da kann man schon auf den Gedanken kommen, dass euch unsere Freundschaft nicht mehr wichtig ist."

Marit schüttelte heftig den Kopf. „Das ist doch kompletter Blödsinn."

„Wir haben uns eben um Lisa gekümmert", verteidigte sich Anneke. „Immerhin ist sie neu an der Schule. Wir wollten ihr dabei helfen, dass sie sich gut bei uns einlebt."

„Ja. Genauso ist es. Und das hat alles überhaupt nichts mit unserer Freundschaft zu tun", erklärte Marit und schaute betroffen zu Tami, Zoe und Jessy.

„Aber ich hätte mich auch um sie kümmern können", warf Tami ein. „Schließlich bin ich ihre Cousine."

„Wir wollten nur nett sein. Wirklich." Anneke zuckte mit den Schultern. „Wir können uns ja morgen früh wieder vor dem Unterricht im Stall treffen, wenn ihr wollt. So wie immer. Lisa hat bestimmt auch Lust mitzukommen."

„Das bezweifle ich." Tami atmete geräuschvoll ein und auch Zoe und Jessy schauten wenig begeistert drein. „Im Moment geht sie mir nämlich ständig aus dem Weg."

Zoe verschränkte die Arme. „Ich würde mich lieber ohne Lisa mit euch treffen. Meiner Meinung nach ist sie nämlich ziemlich eingebildet."

„Und Pferde mag sie eigentlich auch nicht", fügte Jessy hinzu.

Marit steckte sich eine Haarsträhne hinter das Ohr. „Also, ich finde Lisa nett. Und für Pferde scheint sie sich sehr wohl zu interessieren. Jedenfalls hat sie mir erzählt, dass sie unbedingt mit den Reitstunden weitermachen möchte."

„Ach!", sagte Tami verblüfft. „Davon hat sie mir bisher nichts erzählt. Aber sie hat in letzter Zeit eh nicht viel mit mir gesprochen."

„Und zu uns hat sie gesagt, dass sie glaubt, dass sie dich nervt. Und sie dir deswegen aus dem Weg geht", sagte Marit.

„Das hört sich in meinen Ohren alles nach einem riesengroßen Missverständnis an", meinte Tami und schaute ratlos in die Runde. Sollte sie sich so sehr in ihrer Cousine getäuscht haben?

Die Mädchen schwiegen eine Weile und überlegten, wie es nun mit ihrer Freundschaft und Lisa weitergehen konnte.

„Und was ist, wenn wir einfach noch einmal von vorne anfangen?", durchbrach Annekes Stimme die Stille.

Die Mädchen schauten sie überrascht an, denn keines hatte damit gerechnet, dass ausgerechnet die zurückhaltende Anneke einen Lösungsvorschlag machen würde. „Können wir Lisa nicht einfach eine neue Chance geben? Damit sie zeigen kann, was wirklich in ihr steckt?"

„Ich finde, das ist ein sehr guter Vorschlag", pflichtete Marit ihr bei. „Allerdings müsstest du dann den ersten Schritt auf sie zu machen und mit ihr reden, Tami."

„Das werde ich wohl tun müssen", sagte Tami und rieb sich mit einer Hand über das Kinn. Ihr tat es wirklich leid, dass Lisa sich von ihr abgelehnt fühlte. Der Irrtum musste so schnell wie möglich aus der Welt geschafft werden. „Das mache ich gleich heute Abend, wenn sie zurück ist."

Ein neuer Anfang

Tante Sabine und Lisa kamen erst am frühen Abend von ihrem Ausflug ins benachbarte Husum wieder. Mit allerhand Tüten bepackt, stiegen sie aus dem Taxi, das sie vom Bahnhof zum Haus von Tamis Eltern gebracht hatte.

„Nicht zu fassen, dass das alles ins Taxi gepasst hat“, staunte Tami, als sie die vielen Plastikbeutel und Papiertüten erblickte.

„Habt ihr etwa ganz Husum leer gekauft?“, wollte ihre Mutter kopfschüttelnd wissen. Tante Sabine und Lisa hatten die Einkäufe derweil in einer Ecke der Diele abgestellt und zogen ihre Jacken aus.

„Nicht ganz. Aber fast.“ Tante Sabine lachte und hängte ihre Jacke an der Garderobe auf. „Es war wunderbar und meinen freien Nachmittag mussten wir einfach ausnutzen. Husum ist wirklich wunderschön mit seinem hübschen Binnenhafen und den vielen kleinen Geschäften!"

„Oma hat übrigens Kartoffelsuppe gekocht. Ihr habt doch bestimmt großen Hunger, oder?", erkundigte sich Tamis Mutter.

„Und wie!", antwortete Lisa. „Aber zuerst bringe ich meine Sachen nach oben." Sie schnappte sich ein paar Einkaufstaschen und stieg die Treppe zum Zimmer der Mädchen hoch.

Tami ging ihr hinterher. Sie hatte sich vorgenommen, so schnell wie möglich mit Lisa zu reden und das klärende Gespräch nicht auf die lange Bank zu schieben.

Als sie das Zimmer betrat, hatte Lisa bereits ein paar Tüten auf ihrem Bett ausgebreitet und packte aus einer kleinen Papiertasche einen neuen Lippenstift, einen durchsichtigen Tiegel mit Gesichtscreme und eine Flasche Bodylotion aus. Tami blieb unschlüssig im Türrahmen stehen und überlegte, was sie sagen sollte. Lisa schien so beschäftigt zu sein, dass sie Tamis Anwesenheit gar nicht bemerkte.

Tami räusperte sich. „Du hast ja wirklich ordentlich zugeschlagen", sagte sie, um Lisas Aufmerksamkeit zu erlangen.

Ihre Cousine blickte überrascht auf. „Äh … ja. In Tidelund gibt es ja leider keine coolen Geschäfte", sagte sie betont lässig, zog ein gelbes Oberteil aus einer Tüte hervor und stellte sich damit vor die Spiegeltür des Kleiderschranks.

„Hübsch", meinte Tami. „Die Farbe steht dir wirklich gut."

„Hat Mama auch gesagt. Ist mal was anderes", sagte Lisa und ging zurück zu ihrem Bett. „Wir waren sogar in einem Reiterladen. Schau mal, was ich dort gekauft habe." Sie zog eine graue Hose aus einer Einkaufstasche.

„Oh, toll. Eine Reithose. Sogar mit Ganzlederbesatz. Die ist sehr schick. Dann hast du also wirklich vor, mit dem Reiten weiterzumachen?", erkundigte sich Tami und war froh, dass sich das Gespräch nun in die richtige Richtung entwickelte.

„Auf jeden Fall. Die Reiterei macht mir richtig Spaß, sonst hätte ich kaum mit den Longenstunden angefangen. Aber wieso fragst du?"

„Na ja ... ich war mir eben nicht ganz sicher. Du hast nur Marit und Anneke davon erzählt – mir nicht."

„Ach ... Ich dachte, ich hätte es auch dir erzählt."

„Nein. Dafür hast du mir aber gesagt, dass du Pferde langweilig findest und sie stinken würden. Außerdem hast du meine Pferdebilder in eine

Schublade verbannt." Tami zeigte auf die Wand über Lisas Bett.

Lisa machte eine abwinkende Bewegung. „Ach, das ... Ich kann ja ein paar Pferdebilder wieder aufhängen. Ich bin ja jetzt auch ein Pferdefan." Lisa lächelte Tami zaghaft an.

„Das hört sich gut an", sagte Tami und erwiderte Lisas Lächeln.

Ihre Cousine packte weiter aus und beförderte zwei Tüten mit Pferdeleckerlis zutage.

„Oh, gleich zwei Beutel. Du willst wohl Dimplex vor der nächsten Longenstunde bestechen?", vermutete Tami.

„Nein, das hatte ich eigentlich nicht vor. Jedenfalls nicht mit beiden Tüten." Lisa zögerte kurz, ging dann auf Tami zu und hielt ihr eine Packung Leckerlis entgegen. „Hier. Eine habe ich für dich mitgebracht."

Tami schaute sie überrascht an. „Für mich?"

„Ja. Ich dachte, dass du dich darüber freuen würdest. Und zwei Tüten Pferdeleckerlis wären ja nun wirklich zu viel für Dimpi allein." Lisa hielt Tami immer noch den Beutel entgegen und schaute sie dabei bittend an.

„Das ist aber nett von dir. Danke", sagte Tami und nahm das Geschenk an. Vermutlich war dies Lisas Art, sich für ihr Verhalten der letzten Tage zu entschuldigen. „Woher wusstest du nur, dass ich Filou gestern mein letztes Leckerli gegeben habe?“

Damit war das Eis zwischen den beiden Mädchen endgültig gebrochen.

Tami hielt Lisa die Hand hin. „Fangen wir noch einmal von vorne an?“

Ihre Cousine schlug ein. „Einverstanden.“

In den darauffolgenden Tagen war alles wieder fast so wie früher. Die Mädchen trafen sich vor der Schule im Stall, um nach ihren Lieblingen zu schauen, sie verbrachten die Pausen zusammen und unternahmen nachmittags gemeinsam etwas. Das Einzige, was sich verändert hatte: Sie waren mit Lisa im Bunde nun zu sechst. Und es stellte sich heraus, dass Lisa sogar erstaunlich gut in die Gruppe der Mädchen hineinpasste. Sie war wie ausgewechselt und half Tami sogar bei der Pflege von Thunderstorm und Ricardo. Selbst das aufwendige Schminken und Frisieren vor der Schule hatte sie aufgegeben und war nun schneller im Bad fertig. Es war fast so, als hätte es ihre vorherigen Schwierigkeiten nie gegeben.

„Schade nur, dass Lisa noch nicht so sicher im Sattel ist, um mit uns gemeinsam auszureiten“, sagte Tami eines Nachmittags zu Nils, während sie Filou vor dem Stallgebäude sattelte. Der Wallach war mit einem Führstrick an einen Ring angebunden, der in dem rötlichen Mauerwerk verankert war.

Die Kinder hatten heute früher Schulschluss gehabt, weil die Lehrer sich am Nachmittag zu einer Konferenz trafen. Tami und Nils wollten die freie Zeit für einen gemeinsamen Ausritt zum Strand nutzen. Schließlich wusste niemand, wie lange das schöne Spätsommerwetter noch anhielt.

„Das wird sich bald ändern. Wenn sie weiter so fleißig übt, dann ist sie bestimmt demnächst in der Anfängerabteilung, und ehe du dichs versiehst, darf sie auch ausreiten", meinte Nils, der bereits geschniegelt auf Troubadour saß und ungeduldig auf sie wartete. „Überleg mal, wie schnell das bei dir ging."

Tami nickte. „Wahrscheinlich hast du recht."

„Wo ist Lisa eigentlich? Etwa mit Marit unterwegs? Oder mit Anneke?"

Tami schüttelte den Kopf. „Nein, nein. Marit muss heute zum Zahnarzt. Die Arme! Jessy hilft freiwillig bei der Hausaufgabenbetreuung und Zoe und Anneke sind mit dem Bus in den Nachbarort gefahren. Sie wollen ins Kino. Und Lisa … tja, das weiß ich gar nicht so genau. Sie hat nach der Schule nur gesagt, dass sie es eilig hat, weil sie zu einem Termin musste. Und schwups war sie auch schon weg, bevor ich nachfragen konnte. Wahrscheinlich ist sie beim Friseur oder so." Tami schob Filou das Gebissstück in sein weiches Maul und hob die Trense dann über das rechte und das linke Ohr des Pferdes. Sie zog den Schopf unter dem Stirnriemen hervor und ordnete die Mähne unter dem Genickstück. Anschließend setzte sie ihre Reitkappe auf und zog die Handschuhe an. Das Halfter und den Führstrick legte Tami zurück in ihre Putzbox, die sie auf einem Strohballen abgestellt hatte. „Okay, jetzt bin ich startklar. Von mir aus können wir los."

„Na, das wurde aber auch langsam Zeit. Ich dachte schon, du willst Filou so lange auf Hochglanz putzen, bis du dich in seinem Fell spiegeln kannst", foppte Nils sie und verzog seinen Mund zu einem schiefen Lächeln.

„Unverschämtheit! Wir werden ja sehen, wer hier lange braucht. Los: Wer zuerst am Strand ist!" Tami trieb den verblüfften Filou ordentlich mit den Fersen an. Im flotten Trab ging es vom Hof Richtung Meer. Tami hatte durch ihren überraschenden Blitzstart ein paar Pferdelängen Vorsprung.

Hinter dem Deich erstreckte sich eine wilde

Dünenlandschaft, durch die gewundene Wege führten. Tami und Nils ritten zügig drauflos. In der Ferne konnten sie die in der Sonne glitzernden Wellen ausmachen, über denen kreischende Möwen kreisten.

„Ist es nicht ein herrlicher Tag?“, rief Tami Nils begeistert über die Schulter zu, wobei der Wind ihr das Haar ins Gesicht pustete. Am liebsten hätte sie ein wildes Indianergeheul angestimmt, so glücklich und frei fühlte sie sich in dem Moment. Es gab doch nichts Schöneres als einen Strandausritt, wenn einem dabei die Sonne auf die Nase schien!

„Und wie! Besonders weil ich als Erster am Strand sein werde“, rief Nils und zog windschnell auf Troubadour an Tami vorbei. Filou machte vor Überraschung einen Satz nach rechts, als der große Kollege an ihm vorbeiflitzte.

„Na warte! Dich hole ich locker wieder ein!“, rief sie Nils nach. Sie trieb Filou an und galoppierte hinter Nils her, dessen Vorsprung immer weiter wuchs. Mit dem großen Wallach konnte es der kleine Filou nicht aufnehmen. Für einen Galoppsprung von Troubadour brauchte Tamis Pferd mindestens drei. Am Ende erreichte Nils tatsächlich vor ihr den Strand.

„Gewonnen!“, jubelte er und ritt mit Troubadour eine Ehrenrunde, wobei er eine Faust siegreich in die Luft hielt.

„Donnerwetter! Und ich dachte, Filou wäre schneller, weil er so schlank und zierlich ist. Aber gegen Troubadour hat er absolut keine Chance, obwohl der viel stämmiger ist."

„Troubi ist eben nicht nur der Beste, sondern auch der Schnellste." Nils parierte sein Pferd in den Schritt und klopfte ihm anerkennend den Hals. Beide Tiere hatten Schaum vorm Maul und schnaubten vor Anstrengung um die Wette.

„Wollen wir nordwärts Richtung Leuchtturm reiten?"

„Oh ja! Guter Vorschlag", stimmte Nils ihr zu. „Bis zum nördlichen Strandabschnitt bin ich bis jetzt nicht gekommen. Den Leuchtturm kenne ich noch gar nicht."

„Dann wird es ja höchste Zeit, dass wir das ändern", fand Tami. „Aber lass uns im Schritt dorthin reiten. Dort drüben sind Leute am Strand und ich will sie nicht erschrecken."

Tami und Nils ritten nahe dem Wasser einträchtig nebeneinanderher.

„Ist das da drüben nicht dein Freund?", wollte Nils kurze Zeit später wissen und schaute dabei zur Surfschule, vor der eine Gruppe gerade mit Trockenübungen beschäftigt war.

Tami musste blinzeln, weil ihr die frische Brise ständig Haarsträhnen ins Gesicht wehte. „Kann gut sein.“

„Echt mutig, dass er bei Wind und Wetter auf dem Wasser unterwegs ist. Für mich wäre das nichts. Viel zu nass. Und zu kalt.“ Nils lachte.

Durch das sonnige Wetter wirkte die Nordsee geradezu einladend, um in ihr ein Bad zu nehmen. Doch Tami wusste nur zu genau, dass der schöne Schein täuschte. Um diese Jahreszeit hatte das Meerwasser bereits eine unangenehm kalte Temperatur. Deswegen bewunderte sie die Surfer umso mehr, die sich ungeachtet des kühlen Salzwassers mit ihren Windsegeln in die Fluten stürzten. Zwar trugen sie dabei Neoprenanzüge, die sie vor Unterkühlung schützten, doch in Tamis Augen war trotzdem eine gehörige Portion Überwindung nötig, sich von dem eiskalten Nass nicht beeindrucken zu lassen.

„Ich habe zwar mal mit dem Gedanken gespielt, an einem Einsteigerkurs teilzunehmen“, gab sie zu, „aber habe es bis heute doch nicht gemacht. Irgendwie verbringe ich meine Freizeit viel lieber bei den Pferden als im Wasser.“

„Hört, hört! Und das sagt ein Mädchen, das am Meer aufgewachsen ist.“

Sie näherten sich der Surfer-Gruppe, waren

aber noch zu weit entfernt, als dass Tami Gesichter hätte ausmachen können. Dennoch erkannte sie Marlon an seinem auffälligen Neoprenanzug. Er war intensiv mit einer Schülerin beschäftigt und schien die beiden Reiter gar nicht zu bemerken. Durch die kräftigen Windstöße, die ins Segel bliesen, verlor das Mädchen ständig das Gleichgewicht und fiel rücklings in Marlons Arme. Sie war schlank, fast grazil wie eine Ballerina, und ihr Gesicht wurde durch lange hellblonde Locken verdeckt, die in der Sonne fast weiß leuchteten. Im Grunde wusste Tami, dass es Quatsch war, sich darüber aufzuregen. Dennoch spürte sie ein aufkommendes Grummeln in ihrem Magen und einen leichten Stich in der Herzgegend. Nun umklammerte die Blondgelockte mit ihren Händen wieder den Gabelbaum und drehte dabei den Kopf so, dass der nächste Windstoß ihr die Haare aus dem Gesicht pustete. Fast wäre Tami vor Schreck vom Pferd geplumpst, als sie erkannte, um wen es sich bei Marlons Schülerin handelte.

„Ach, guck mal, wer da ist“, sagte Nils, der das Mädchen ebenfalls erkannt hatte.

„Lisa?“, rief Tami entsetzt aus und umklammerte die Zügel fester.

„Deine Cousine ist wohl heimlich unter die

Sportskanonen gegangen. Erst reiten, jetzt surfen. Respekt."

Heimlich. Das war genau das, was Tami an ihrer Entdeckung störte. Warum hatte Lisa ihr nicht einfach erzählt, dass sie an einem Surfkurs teilnahm?

Von wegen neuer Anfang. Hatte Lisa ihr nur etwas vorgemacht? Aus welchem Grund verhielt sich ihre Cousine nur so?

Lisa schaute erschrocken zu Tami und hätte um ein Haar den Gabelbaum losgelassen. „Tami!"

Marlon hatte seine Freundin ebenfalls entdeckt und ging auf sie zu. „Hey, Pferdemädchen", begrüßte er sie und klopfte lächelnd Filous Hals. „Deine Cousine macht das für die erste Stunde ziemlich gut."

Enttäuscht wandte sich Tami an Lisa: „Was machst du denn hier? Und wieso hast du mir vorhin nicht einfach gesagt, dass du zum Surfkurs gehst?"

Lisa klemmte sich eine Haarsträhne hinter das Ohr und lächelte Tami an. „Aber ich habe dir doch erzählt, dass ich an einer Schnupperstunde im Surfen teilnehme. Oder nicht?"

„Nein. Davon hast du mir nichts gesagt."

„Habe ich nicht?", fragte Lisa erstaunt.

„Nein", wiederholte Tami entschieden, die

mittlerweile richtig wütend war über die Show, die Lisa abzog.

Lisa runzelte die Stirn. „Komisch … Ich dachte, ich hätte dir davon erzählt und Marit. Tut mir echt leid. Dann habe ich das wahrscheinlich vergessen“, entgegnete Lisa zerknirscht.

„Das kann ja mal passieren“, schaltete sich Nils nun ein, um den aufkeimenden Streit zwischen den Mädchen zu schlichten.

„Ist doch nicht so wild. Ich habe auch erst von Lisas Teilnahme erfahren, als ich ihren Namen auf der Anmeldeliste gelesen habe.“ Marlon zuckte die Schultern. Er sah darin offensichtlich kein großes Problem. „Wohin reitet ihr denn?“

„Tami will mir den Leuchtturm zeigen“, antwortete Nils. „Dort bin ich nämlich bisher noch nicht gewesen.“

„Dann wird es höchste Zeit“, fand Marlon.

„Das habe ich auch gesagt.“ Tami, die keine Lust auf weitere fadenscheinige Ausreden ihrer Cousine hatte, nahm die Zügel auf. Diskussionen mit Lisa würden sie nicht weiterbringen, so viel war klar. „Wir müssen dann auch weiter.“

Nils braucht Hilfe

Als Tami und Nils nach ihrem Ausflug wieder auf dem Reiterhof eintrafen, wurden sie schon von Frau Kellinghaus erwartet, die vor dem Stallgebäude ungeduldig auf und ab ging.

„Da seid ihr ja endlich!“, rief sie und kam auf die beiden zu. In einer Hand hielt sie ein Handy.

Tami und Nils stiegen von ihren Pferden ab.

„Ist etwas passiert, Frau Kellinghaus?“, erkundigte sich Tami besorgt. Ihr war der bedrückte Gesichtsausdruck ihrer Reitlehrerin nicht verborgen geblieben.

Marits Mutter lächelte Tami an und wandte sich dann Nils zu. „Der Schuldirektor lässt dir ausrichten, dass du zu ihm ins Büro kommen sollst.“

„Habe ich etwas verbrochen oder so?“, fragte Nils skeptisch.

„Nein, nein. Nichts dergleichen. Aber geh am besten sofort zu ihm. Er erwartet dich“, sagte Frau Kellinghaus und blickte Nils aufmunternd an. „Ich rufe Herrn Klawitter an und gebe ihm Bescheid, dass du unterwegs bist.“

„Zuerst muss ich aber noch Troubadour versorgen“, entgegnete der Junge und streichelte dem Tier über den Nasenrücken.

„Lass nur. Ich kümmere mich um dein Pferd.“ Frau Kellinghaus nahm ihm die Zügel ab. „Es ist wirklich wichtig. Geh nun.“

Nils zögerte kurz. „Na gut. Danke. Ich beeile mich.“ Im Laufschritt überquerte er den Hof.

Frau Kellinghaus telefonierte kurz mit dem Direktor vom Nordlicht und kündigte Nils’ baldiges Erscheinen an. „Ja, er ist gerade losgegangen und müsste gleich bei Ihnen eintreffen. Bis später.“ Die Reitlehrerin drückte auf eine Taste ihres Handys und beendete das Gespräch.

„Was ist denn los? Warum muss Nils zum Direktor?“, fragte Tami Marits Mutter auf dem Weg in den Stall. Ihr kam das alles äußerst mysteriös vor.

„Weißt du … das kann ich dir im Grunde gar nicht genau sagen. Ich weiß bloß, dass seine Eltern im Sekretariat angerufen haben und Herr Klawitter sofort nach Nils hat schicken lassen.“

Das hörte sich in der Tat extrem wichtig an, wenn Nils' Eltern von den Vereinigten Arabischen Emiraten aus bei der Schule anriefen. Hoffentlich war nichts passiert.

Als Tami Filou abgesattelt und in seine Box zurückgebracht hatte, war Nils noch nicht wieder zurückgekehrt. Um die Zeit zu überbrücken, bis ihr Schulfreund wieder eintraf, schlüpfte sie in ihre Turnschuhe und begann, die Reitstiefel zu säubern. Als die Stiefel sauber waren und wie neu aussahen, stellte Tami sie zurück in ihren Spind. Ungeduldig schaute sie aus einem Fenster auf den Hof. Von Nils war weit und breit nichts zu sehen. Dafür bog Marit mit ihrem Fahrrad um die Ecke und entdeckte ihre Freundin am Stallfenster. Sie winkte ihr zu.

„Hallo, Tami“, rief Marit und lehnte das Rad gegen das rote Mauerwerk.

„Hallo“, grüßte Tami zurück.

„Wie war euer Ausritt?“

„Hm“, machte Tami.

„Was ist denn mit dir los? Du siehst ja nicht gerade glücklich aus“, stellte Marit fest, als sie Tamis besorgte Miene bemerkte. „Hast du dich etwa geärgert?“

„Geärgert?“ Tami fielen wieder Lisas Heimlichkeiten ein. Die hatte sie wegen der Sache mit Nils ganz vergessen. „Ja, geärgert habe ich mich auch."

„Über wen denn, wenn ich fragen darf?", wollte Marit wissen und verschränkte die Arme.

Tami erzählte ihr von dem Zwischenfall mit Lisa am Strand. „Angeblich hat sie dir auch davon erzählt, dass sie am Surfkurs teilnimmt", schloss Tami ihren Bericht.

Ihre Freundin winkte lachend ab. „Das stimmt auch. Mach dir keine Sorgen. Ich war sogar dabei, als sie sich gestern in die Liste eingetragen hat."

„Ach? Und wieso hast du mir nichts davon erzählt?", fragte Tami erstaunt.

Marit zuckte mit den Schultern. „Ich dachte, Lisa hätte dir längst Bescheid gesagt."

„Das hat sie eben nicht." Tami seufzte und fuhr sich mit einer Hand durchs Haar. „Und so schusselig bin ich doch auch nicht, dass ich das vergessen könnte."

„Hm, keine Ahnung. Ich glaube jedenfalls nicht, dass es Absicht war, dass sie dir nichts davon erzählt hat. Vielleicht hat sie es schlichtweg vergessen."

„Ich weiß nicht so recht …" Tami war wenig überzeugt von Marits Theorie über Lisas angebliche Vergesslichkeit. Sie schnappte sich einen Besen und begann, loses Stroh zusammenzukehren.

„Und was ist sonst noch los? Du hast gesagt, du hättest dich *auch* geärgert“, hakte Marit nach.

Tami hielt beim Kehren inne. „Nils musste zum Direx. Deine Mutter hat uns nach dem Ausritt deswegen schon erwartet.“

„Das hört sich aber dringend an. Hat Mama wenigstens gesagt, weswegen Nils zu Herrn Klawitter kommen sollte?“, erkundigte sich Marit.

Tami stützte sich auf den Besenstiel. „Nein. Leider nicht. Sie wusste nur, dass seine Eltern im Schulsekretariat angerufen haben. Und das finde ich, ehrlich gesagt, ziemlich merkwürdig.“

„Du meinst, es könnte sich um einen Notfall handeln?“, kombinierte Marit.

„Könnte gut möglich sein. Oder was meinst du?“

„Ist wirklich äußerst merkwürdig, das Ganze“, stimmte Marit nachdenklich zu und schlüpfte zu ihrem Pony Peppino in die Box, um es ordentlich zu knuddeln. „Seit wann ist Nils denn beim Direx?“

„Seit ungefähr einer Stunde, schätze ich.“

Marit fischte eine Karotte aus dem Möhrensack und legte sie in Peppinos Futtertrog. „Lass uns doch einfach vor dem Büro auf ihn warten. So erfahren wir am schnellsten, was los ist", schlug sie vor.

„Gute Idee!", fand Tami und stellte den Besen zurück.

Die beiden Mädchen marschierten sofort los, doch sie mussten nicht weit gehen. Nils kam ihnen schon auf dem Hof entgegen. Er war ganz bleich im Gesicht, ließ seine Schultern hängen und auf seiner Stirn hatte sich eine Falte gebildet.

„Wir wollten dir gerade entgegengehen", sagte Marit zu ihm.

„Hatte Herr Klawitter schlechte Nachrichten von deinen Eltern?", fragte Tami vorsichtig.

„Ja, hatte er." Nils machte eine kurze Pause, bevor er weitersprach. „Mein Vater hatte einen Unfall." Die Mädchen konnten die Sorge und den Kummer in seiner Stimme hören.

Tami schlug sich entsetzt die Hand vor den Mund. „Oje! Ist er etwa im Krankenhaus?"

„Ja. Er wurde sogar schon operiert."

„Ist es sehr schlimm?"

„Meine Mutter hat mir gesagt, dass es ihm den Umständen entsprechend geht und er wieder gesund wird. Die Ärzte haben gute Arbeit geleistet."

Tami atmete erleichtert aus und lächelte Nils aufmunternd zu.

„Die Ärzte haben aber auch gesagt, dass es lange dauern wird, bis er wieder ganz fit ist." Nils machte erneut eine Pause und atmete tief durch. „Und mein Vater ist doch selbstständig. Er ist bei keiner Firma angestellt."

„Meine Mama ist auch selbstständig mit ihrer Konditorei."

„Und meine Eltern auch mit dem Hof."

„Dann wisst ihr ja, welches Problem ich meine."

„Welches Problem denn?", fragte Tami.

„Na, solange mein Vater krank ist, kann er nicht arbeiten. Und wenn er nicht arbeiten kann, verdient er kein Geld", erklärte Nils.

„Oh, daran habe ich gar nicht gedacht", gab Tami zu.

„Himmel ja, ich auch nicht. Habt ihr dann etwa für die nächsten sechs Monate gar kein Geld?"

„Doch. Meine Eltern haben Gott sei Dank etwas Geld für Notfälle zurückgelegt. Damit werden sie auskommen."

Tami spürte, dass es noch ein anderes Problem gab, von dem Nils ihnen noch nichts erzählt hatte.

„Aber die Ersparnisse reichen nicht aus, um

das teure Schulgeld weiter zu bezahlen. Und dann ist da ja noch die Stallmiete für Troubi."

„Oh nein!", riefen Tami und Marit gleichzeitig.

„Musst du jetzt das Nordlicht verlassen?", fragte Marit bekümmert.

Tami erschienen die Streitigkeiten mit ihrer Cousine mit einem Mal gar nicht mehr so wichtig. Was war das schon gegen die Probleme, mit denen Nils zu kämpfen hatte?

„Meine Eltern kehren in den nächsten Wochen nach Deutschland zurück und werden mich dann abholen."

„In ein paar Wochen schon? Das ist ja schon bald", stellte Tami entsetzt fest. „Ich habe gehofft, dass du wenigstens noch bis zum Ende des Halbjahres bleibst."

„Leider nicht", sagte Nils geknickt. „Also, ich wollte noch zu Troubadour, bevor es Abendbrot gibt. Wir sehen uns dann später." Damit ließ er Tami und Marit stehen.

Die Mädchen sahen Nils nach, der mit hängenden Schultern zum Stallgebäude trottete. Er wollte offensichtlich allein sein und das konnten die Freundinnen sehr gut verstehen.

„Das dürfen wir nicht zulassen." Tami drehte sich zu Marit um und sah sie mit entschlossener Miene an.

„Was meinst du damit?“

„Wir müssen etwas unternehmen, damit Nils bleiben kann. Das ist ein klarer Fall für die Muschelkiste.“

Noch am gleichen Abend versammelten sich die Reiterfreundinnen in dem Pfahlbau am Tidelunder Strand. Lisa war auch mit von der Partie. Marit hatte Tami davon überzeugen können, sie ebenfalls in ihre Pläne einzuweihen. Außerdem konnten sie jede helfende Hand gebrauchen, damit ihr Plan gelang.

Tami berichtete den Mädchen von den Ereignissen und dass Nils bald das Internat verlassen musste.

„Der arme Nils. Das hat er wirklich nicht verdient. Er ist immer so nett“, sagte Anneke traurig.

„Wir müssen überlegen, was wir tun können, damit er bleiben kann“, warf Marit ein.

„Wir müssen irgendwie das fehlende Geld auftreiben“, überlegte Zoe und runzelte dabei die Stirn, wie sie es immer tat, wenn sie angestrengt nachdachte. „Wir könnten doch ein Turnier organisieren?“

„Oder ein Fest veranstalten?“, rief Marit, die aufgeregt eine Haarsträhne um ihren Finger zwirbelte. „Ein Fest für den guten Zweck, bei dem wir eine Menge Spenden einsammeln."

„Du meinst ein Reiterfest?", fragte Tami und rieb sich eifrig die Hände.

Jessy sprang begeistert auf. „Die Idee ist ja super! Das könnte funktionieren."

„Aber wie wollt ihr das in so kurzer Zeit auf die Beine stellen?", wollte Lisa wissen. „Überlegt mal, was dafür alles organisiert werden muss. Das ist eine ziemliche Menge."

„Das muss alles nur gut durchgeplant werden", entgegnete Tami optimistisch, die das Reiterfest schon vor sich sehen konnte.

„Am besten, wir schlafen alle eine Nacht darüber und machen uns ein paar Gedanken, wie wir das Ganze umsetzen können", schlug Anneke vor.

„So machen wir es", fand Jessy.

„Okay, dann reden wir morgen weiter. Vielleicht kommt der eine oder andere Geistesblitz ja noch über Nacht."

Die Mädchen verließen den Pfahlbau. Marit, Anneke, Zoe und Jessy machten sich auf den Weg zum Internat Nordlicht und Tami lief mit Lisa schweigsam über den Deich zurück nach Hause. Keines der Mädchen sagte ein Wort. Sie schienen beide ihren Gedanken nachzuhängen.

Erst als sie an der Seebrücke ankamen, durchbrach Lisa endlich die Stille. „Es müsste ein Fest sein für Reiter, aber auch für Leute, die nicht reiten“, überlegte sie laut vor sich hin und drehte dann den Kopf zu ihrer Cousine.

„Bitte was?“ Tami blickte Lisa erstaunt an.

„Ja. Es müssen auch Leute zu dem Fest kommen, die nicht wie wir im Sattel sitzen. Je mehr Besucher zu der Veranstaltung kommen, umso mehr Spenden können wir sammeln.“

„Klingt logisch“, stimmte Tami ihr zu.

„Und ich habe auch schon ein paar Ideen, wie man das anstellen könnte.“

„Echt? Lass hören!“

„Es müsste eine Kombination aus Benefiz-Turnier, Herbstfest und Tag der offenen Tür sein. Dann können wir die Reiter der umliegenden Orte, die Familien der Internatsschüler und auch Besucher, die einfach nur einen netten Ausflug machen wollen, ansprechen.“

„Ich wusste gar nicht, dass du so ein Organisationstalent bist“, sagte Tami anerkennend.

„Das wusste ich bis jetzt auch nicht.“ Lisa lachte.

Tami nickte. „Es müsste für jeden etwas Interessantes dabei sein.“

„Ich werde nachher mal eine Liste schreiben,

was mir dazu alles einfällt, und sie dir dann zeigen. Zwei Köpfen fällt mehr ein als einem."

Tami schaute ihre Cousine überrascht an. Der Ärger und das Grummeln in Tamis Bauch, die sie nachmittags noch wegen Lisas Geheimnistuerei gespürt hatte, waren wie weggeblasen. So ernsthaft und engagiert hatte sie ihre Cousine noch nie erlebt. Lisa zeigte eine ganz neue Seite an sich, die Tami ausgesprochen gut gefiel. Sie wirkte kein bisschen oberflächlich mehr und schien wirklich daran interessiert zu sein, Nils zu helfen. Wie konnte Tami da weiterhin böse auf sie sein? Vermutlich war es doch bloß ein Missverständnis gewesen und Lisa hatte ihr wirklich aus reiner Schusseligkeit nichts von ihrer Teilnahme am Surfkurs erzählt. „Das stimmt. Zusammen wird uns bestimmt eine Menge einfallen, wie wir genug Geld für Nils sammeln können." Tami lächelte und hielt Lisa ihre Hand hin.

„Davon bin ich überzeugt", sagte die und schlug ein.

Pläne für den großen Tag

Am nächsten Morgen trafen sich die Mädchen wie gewohnt vor Schulbeginn im Stall. Lisa und Tami hatten Marit zuvor geholfen, die Schulpferde zu füttern.

„Na, dann schießt mal los. Lasst hören, was ihr gestern noch ausgeheckt habt", sagte Tami, als alle vollzählig versammelt waren, und blickte erwartungsvoll in die Runde.

„Tja … also ehrlich gesagt, ist mir nichts wirklich Brauchbares eingefallen", sagte Marit entschuldigend. „Ich saß gestern einfach zu lange an meinem Referat für Biologie und danach war mein Kopf total leer."

Jessy nickte. „Ging mir ähnlich. Ich bin neben den ganzen Hausaufgaben nicht dazu gekommen, mir etwas für unsere Rettungsaktion einfallen zu lassen."

„Bei mir und Anneke war es auch so“, sagte Zoe bedauernd.

„Ach, das ist ja wirklich schade“, sagte Tami und bemühte sich um einen möglichst enttäuschten Gesichtsausdruck. Was die Mädchen nämlich nicht wussten: Sie und Lisa hatten am Vorabend noch fleißig Ideen für das Reiterfest gesammelt und in einem Notizheft festgehalten.

„Oder wir engagieren jemanden, der das für uns organisiert“, schlug Jessy vor. „Einen Profi. Über solche Leute habe ich schon mal was im Fernsehen gesehen.“

Zoe winkte ab. „Ach was! Viel zu teuer. So jemanden können wir uns doch gar nicht leisten. Da würde am Ende wahrscheinlich nicht viel von den Spenden übrig bleiben, die wir für Nils sammeln wollen.“

„Stimmt. Das scheidet definitiv aus“, fand auch Marit und zupfte einen Halm aus einem Strohballen.

Die Mädchen schwiegen für eine Weile und jede von ihnen hing ihren eigenen Gedanken nach. Nur Lisa und Tami warfen sich heimlich bedeutungsvolle Blicke zu. Sie wussten ja von ihrem Ass im Ärmel für das geplante Reiterfest.

„Was grinst ihr zwei eigentlich so?“, fragte Marit, der das nicht entgangen war. „Ich finde das überhaupt nicht komisch. Immerhin geht es hier um Nils, der dringend unsere Hilfe braucht."

„Och, nur so", sagte Lisa, setzte eine möglichst unschuldige Miene auf und fügte beiläufig hinzu: „Dann ist es ja gut, dass Tami und ich gestern Abend schon alles mal grob durchgeplant haben."

„Was?", riefen die Mädchen im Chor.

Neugierig lauschten sie, während die beiden Cousinen ihnen nun ihre Vorschläge unterbreiteten.

„Also, hört zu", legte Lisa los. „Wir brauchen für das Reiterfest insgesamt drei Organisationsteams: Eins kümmert sich um das Turnier, eins um das Fest an sich und eins kümmert sich darum, dass möglichst viele Leute davon erfahren." Dabei blätterte Lisa emsig in ihren Notizen.

„Super Vorschlag!"

„Du meinst also, immer zwei von uns bilden ein Team?", vergewisserte sich Anneke, deren Wangen sich vor Aufregung gerötet hatten.

„Richtig", bestätigte Lisa ihre Annahme. „Wer möchte denn in welche Gruppe?"

Marit hob einen Finger. „Ich eigne mich wahrscheinlich am besten für die Turnier-Organisation. Damit kenne ich mich aus."

„Ich auch", stimmte Tami ihrer Freundin zu.

„Prima. Dann wäre das Team Turnier bereits vollzählig.“ Lisa zog einen Stift hervor und schrieb Marits und Tamis Namen auf die Liste.

„Ich würde mich gerne um die Organisation des Fests kümmern“, meinte Jessy. „Vielleicht spendet eure Konditorei ja Kuchen für den guten Zweck?“, wandte sie sich an Tami. „Eventuell könnten wir auch ein Kinderschminken organisieren? Im Maskenmalen bin ich sogar ziemlich gut.“

„Das ist ja eine super Idee!“, meinte Tami begeistert. „Kinderschminken ist doch perfekt für Familien, die wir auch als Besucher für unser Fest gewinnen wollen. Und meine Mutter können wir auf jeden Fall ansprechen, ob sie etwas spendet. Sie wird uns bestimmt mit ein paar Torten und leckeren Keksen unterstützen.“

„Willst du mich im Festteam unterstützen, Zoe?“, fragte Jessy.

„Ist es für dich in Ordnung, wenn ich bei Jessy mitmache?“, fragte Zoe Anneke. So unterschiedlich die beiden Mädchen waren, so unzertrennlich waren sie. Die lebhafte Zoe und die vernünftige Anneke ergänzten sich perfekt und waren als Team auf eine einzigartige Weise unschlagbar.

„Das Fest-Komitee passt super zu dir. Ich möchte mich lieber darum kümmern, dass viele

Gäste zu dem Fest kommen. Ich könnte Zeitungen anrufen oder vielleicht berichtet ja auch das Lokalradio über unsere Aktion. Ich kann ja mal eine E-Mail an die Redaktion schreiben. Das würde mir Spaß machen."

„Oh, ich bin ganz aufgeregt! Vom Unterricht werde ich heute bestimmt nicht viel mitbekommen, weil ich die ganze Zeit an die Vorbereitungen für unser Reiterfest denken muss", sagte Jessy und hüpfte dabei aufgeregt von einem Bein auf das andere.

„Geht mir genauso! Wir könnten auch Ponyreiten für die Kleinen anbieten", schlug Zoe vor.

„Es wird auf jeden Fall eine große Veranstaltung werden, die wir da planen. So viel steht fest", überlegte Anneke laut. „Da muss man eine Menge bei der Planung bedenken. Wir dürfen nichts vergessen."

Zoe sah Anneke verwundert an. „Glaubst du etwa nicht, dass wir das schaffen?"

„Doch, doch, klar. Natürlich schaffen wir es, das Fest auf die Beine zu stellen. Wir müssen eben bloß einiges bedenken."

„Zuallererst müssen wir uns aber das Okay von Herrn Klawitter holen. Schließlich ist er der Direktor", erinnerte Lisa sie. „Ohne seine Zustimmung geht nämlich nichts."

Tami setzte sich auf die Futterkiste und verknotete dabei ihre Beine zu einem Schneidersitz. „Wir müssen ihm auf jeden Fall erklären, dass wir mit der Aktion Nils helfen wollen und das gesammelte Geld ausschließlich als Schulgeld für ihn verwendet werden soll."

„Dagegen kann er doch eigentlich nichts sagen, oder?", fragte Zoe.

„Ich glaube fest daran, dass er uns unterstützt. Schließlich geht es um einen seiner Schüler, der in einer Notlage steckt", sagte Anneke.

„Eben", stimmte ihr Lisa zu. „Ich werde noch vor Unterrichtsbeginn schnell zum Sekretariat flitzen und einen Termin bei Herrn Klawitter vereinbaren."

„Äh … vor dem Unterricht wirst du das wohl nicht mehr schaffen", entgegnete Anneke mit einem prüfenden Blick auf ihre Uhr. „Wir müssen nämlich los. Mathe fängt in fünf Minuten an."

Die Mädchen schulterten hastig ihre Rucksäcke und liefen die schmale Stallgasse entlang. Wie so oft hatten sie beim morgendlichen Treffen an der Futterkiste die Zeit völlig vergessen. Als sie an der Schiebetür ankamen, blieb Tami abrupt stehen.

„Moment mal", rief sie ihren Freundinnen hinterher.

Die Mädchen hielten inne und drehten sich zu ihr um.

„Nils darf auf keinen Fall etwas davon erfahren."

Jessy machte zwei Schritte auf Tami zu. „Das dürfte etwas schwierig werden, wenn wir das Reiterfest an die große Glocke hängen. Das wirst du wohl kaum vor Nils verheimlichen können."

„Nein, so meine ich das überhaupt nicht." Tami schüttelte ihren Kopf. „Natürlich wird er mitkriegen, dass ein großes Reiterfest stattfindet. Doch er soll nicht wissen, dass wir es seinetwegen auf die Beine stellen."

„Aha! Es soll also am Ende eine Überraschung für ihn sein, wenn wir das fehlende Schulgeld zusammenbekommen haben? Das finde ich richtig gut", sagte Marit.

„Prima! Eine Überraschung!", stimmte auch Lisa zu.

„Ja, es soll eine Überraschung werden, aber eben nicht nur. Wisst ihr, wenn Nils davon erfahren würde, dass wir so eine große Veranstaltung auf die Beine stellen, damit er im Nordlicht bleiben kann, könnte es doch sein, dass er das gar nicht möchte", erklärte Tami den Mädchen.

Zoe schaute sie verständnislos an. „Wieso das denn? Er war doch total traurig, dass er das Internat verlassen muss. Da sollte er sich doch eigentlich über eine Spendenaktion freuen."

„Das schon. Nur ... ich kenne Nils ein bisschen. Ihm wäre es garantiert nicht recht, wenn um ihn so ein Wind gemacht werden würde. Also, kein Wort zu Nils. Okay?"

Die Mädchen nickten und machten sich dann endlich auf den Weg zum Nordlicht, wo die erste Schulstunde bereits begonnen hatte.

Einen Termin beim Direktor bekamen sie allerdings erst am nächsten Tag. Herr Klawitter hörte sich den Vorschlag der Mädchen geduldig an. Dabei sprach er kein Wort, machte sich stattdessen aber immer wieder Aufzeichnungen auf einem Blatt Papier. Als Tami ihren Vortrag beendet hatte, schaute er nachdenklich auf.

„Hm", machte er und erhob sich von seinem Stuhl hinter dem Schreibtisch. Er ging zum Fenster und blieb dort stehen.

Die Mädchen wagten kaum zu atmen. Würde Herr Klawitter ihre Pläne unterstützen?

Herr Klawitter schaute immer noch aus dem Fenster. Tami und ihre Freundinnen beobachteten gebannt jede Regung ihres Direktors, der die Hände in den Taschen seiner dunklen Baumwollhose vergraben hatte. Dann nickte Herr Klawitter gedankenverloren und drehte sich wieder zu ihnen um.

„Einverstanden“, sagte er mit einem Lächeln. „Ihr habt meine volle Unterstützung. Lasst uns Nils helfen, damit er am Nordlicht bleiben kann.“

„Hurra!“ Die Mädchen sprangen auf und umarmten sich vor Freude. Sie hatten es tatsächlich geschafft! Nun konnten sie endlich aktiv werden und auf ihre Pläne Taten folgen lassen.

Beim Verlassen des Büros drehte sich Tami noch einmal zum Direktor um, der wieder hinter seinem Schreibtisch Platz genommen hatte und in einer dicken Akte herumblätterte. „Danke, Herr Klawitter. Ich bin wirklich sehr froh, dass wir das Reiterfest organisieren dürfen. Ich verspreche Ihnen, dass wir Sie nicht enttäuschen werden.“

Herr Klawitter lächelte sie an. „Davon bin ich überzeugt, Tami.“

Nun ging die eigentliche Arbeit erst richtig los. Anneke und Lisa kümmerten sich darum, dass möglichst viele Menschen von der Veranstaltung erfuhren. Sie telefonierten mit den Zeitungen aus der Gegend, schrieben eine E-Mail an den lokalen Radiosender und fragten in den Tidelunder Geschäften, ob sie dort ihr selbst entworfenes

Plakat aufhängen durften. Marit und Tami nahmen mithilfe von Frau Kellinghaus Kontakt zu den umliegenden Reiterhöfen auf, um das Springturnier anzupreisen. Jessy und Zoe pinnten außerdem einen Aushang ans Schwarze Brett des Internats, auf dem sie das Fest ankündigten und auch erwähnten, dass dringend freiwillige Helfer benötigt wurden.

Lisa trat einen Schritt zurück und legte dann den Kopf schief. „Der Zettel hängt gut. Er fällt schön auf in der Mitte des Bretts."

„Hoffentlich melden sich auch ein paar Freiwillige", meinte Anneke. „Alleine schaffen wir das bestimmt nicht."

Doch ihre Sorge sollte sich schon am nächsten Tag als völlig unbegründet herausstellen. In der ersten großen Pause wurden sie regelrecht von Schülern bestürmt, die ebenfalls einen Beitrag zum Fest leisten wollten. Tami beobachtete die lange Schlange von Schülern, die alle ihre Hilfe anboten oder selbst einen Programmpunkt für das Reiterfest erarbeiten wollten. Zu Tamis größter Überraschung waren sogar Wonzi und seine Gang unter den Hilfsbereiten.

„Wollt ihr uns etwa helfen?", fragte sie erstaunt.

„Wir möchten gerne ein Fußballspiel zwischen unserer Schulmannschaft und dem Tetenbüller Gymnasium organisieren“, erklärte Wonzi. Seine Freunde nickten bestätigend.

„Im Ernst?“, fragte Tami halb skeptisch, halb überrascht, da sie sich noch sehr gut an den Kampf um die Muschelkiste erinnern konnte.

„Klar. Mit denen haben wir noch ein Hühnchen zu rupfen.“

Zoe notierte seinen Vorschlag. „Dann hätten wir neben dem Reitturnier noch eine zweite Sportveranstaltung. Sehr schön. Sonst noch etwas?“

„Nö. Das war’s.“

Wonzi und seine Clique schoben ab.

„Was wollten die denn?“, fragte Jessy erstaunt, die beim Hausmeister belegte Brötchen organisiert hatte und sich nun durch die anstehenden Schüler drängte.

Tami zuckte die Schultern. „Es passieren tatsächlich noch Wunder. Die Jungs möchten ein Fußballturnier beim Fest austragen.“

„Ehrlich?“, wunderte sich Jessy.

„So hilfsbereit kenne ich die gar nicht.“ Zoe drehte sich um und schaute den Jungs hinterher. „Müssen wir uns Sorgen machen? Sind die etwa krank?“

Tami lachte. „Nee. Die sind kerngesund. Da brauchst du dir keine Sorgen zu machen. Wonzi brennt bloß auf Revanche.“

„Ah, daher weht der Wind“, sagte Zoe, die nun die unerwartete Hilfsbereitschaft der Jungs verstand.

Die Mädchen brachen in fröhliches Gelächter aus.

Das Reiterfest

Vier Wochen später war es dann endlich so weit. Der große Tag des Reiterfests fiel auf einen sonnigen, herbstlichen Samstag. Nils hatte ebenfalls seine Hilfe für das Turnier angeboten. Nun hockte er mit einer Liste bewaffnet in einem kleinen weißen Häuschen. Er kümmerte sich um die Anmeldungen und um die zu entrichtende Gebühr der Reiter, die beim Turnier starten wollten. Und das alles, ohne zu wissen, dass die ganze Veranstaltung einzig und allein für ihn ins Leben gerufen worden war. Nils ging davon aus, dass das eingenommene Spendengeld einem wohltätigen Zweck zugeführt werden sollte, was ja in gewisser Weise auch stimmte.

Aufregende Tage lagen hinter den Mädchen. Gestern hatten sie bereits damit begonnen, Salate und kalte Platten in der Internatsküche vorzubereiten, wobei ihnen das Küchenpersonal ordentlich unter die Arme gegriffen hatte. Tamis Bruder und Herr Kellinghaus hatten einen überdachten Getränkewagen organisiert, der nun in der Mitte des Hofs stand. Einige der Lehrerinnen hatten sich bereit erklärt, den Ausschank der Getränke zu übernehmen Und sogar Rotbarsch, der stets übel gelaunte Hausmeister, war freiwillig zum Helfen angetreten: Auf dem Parkplatz wies er lautstark die Autos der ankommenden Gäste ein und war voll und ganz in seinem Element. Dabei konnte er sich nämlich richtig schön aufregen.

Die Hindernisse für das Turnier waren von zahlreichen helfenden Händen frisch gestrichen und in der kleinen Reithalle war eine Bühne für die Schulband aufgebaut worden. Die Konditorei Claasen hatte neben Torten und Keksen auch allerhand frische Brötchen und knuspriges Brot gespendet. Gleich nach dem Frühstück hatten freiwillige Helfer damit begonnen, Brötchen- und Brothälften zu belegen und mit Gurkenscheiben zu garnieren.

Herr Klawitter kümmerte sich inzwischen um die eintreffenden Gäste. Er begrüßte interessierte Eltern mit ihren Kindern, informierte sie über das Nordlicht und führte sie auf dem Internatsgelände herum. Sogar Tamis Vater und seine Kollegen von der Strandaufsicht waren mit einem eigenen Infostand vertreten.

Der Beginn des Reitturniers war für mittags geplant. Eine Viertelstunde zuvor erklang die Stimme von Frau Kellinghaus durch die Lautsprecher: „Um zwölf Uhr beginnt das Turnier. Bitte nehmen Sie rechtzeitig Ihre Plätze ein."

In der Sattelkammer schlüpften Tami und Marit in ihre Turnierkluft. Peppino und Filou standen bereits geschniegelt und gesattelt in den Boxen und warteten nur darauf, dass es endlich losging.

Für Tami war es das erste Springturnier überhaupt. Hibbelig band sie ihr lockiges Haar vor dem Spiegel zu einem Zopf zusammen. Prüfend betrachtete sie ihr Gesicht, auf dem sich rote Flecken abzeichneten, und steckte schließlich die weiße Bluse in die Turnierhose. Dann zog sie das dunkle Jackett über. „Mist!" Nervös fingerte sie an den goldenen Knöpfen ihrer Reitjacke herum, die nicht durch die vorgefertigten Knopflöcher passen wollten.

„Lass mich mal", sagte Marit beschwichtigend, die ihrer Freundin die Nervosität deutlich ansah. Ihr gelang es auf Anhieb, die Jacke zuzuknöpfen. „So, fertig. Dann lass uns mal losgehen."

„Wünsch mir Glück!“, rief Tami im Vorbeigehen noch ihrem Pflegepferd Thunderstorm zu, das ihr neugierig aus seiner Box nachschaute.

Tami und Marit führten ihre Pferde zum Abreitplatz hinter der großen Reithalle.

Als sie aufsaßen, bemerkte Tami ein aufgeregtes Blubbern in ihrer Magengegend, das sie immer dann verspürte, wenn das Lampenfieber sie packte. „Reiß dich zusammen“, schimpfte sie leise mit sich und atmete tief ein und aus. Nur gut, dass sie schon bald dran war. Sie ließ ihren Blick zum benachbarten Reitplatz gleiten, auf dem der Parcours aufgebaut war. Die Zuschauerränge waren gut gefüllt und die Besucher ließen sich die laue Herbstsonne auf die Nase scheinen. Tami versuchte, bekannte Gesichter unter ihnen auszumachen. Irgendwo mussten auch ihre Familie und Marlon sitzen, der im Vorfeld des Fests allerhand Flyer verteilt hatte. Sogar Tamis Bruder Peer wollte es sich nicht entgehen lassen, wenn seine kleine Schwester zum ersten Mal ein Springturnier bestritt.

Ein Reiter, der kaum älter war als Tami, setzte gerade mit seinem Fuchs vor dem letzten Hindernis zum Sprung an. Das Pferd berührte mit den Hinterhufen leicht die Stange des Oxers. Mit einem hohlen Laut fiel sie zu Boden. Die Zuschauer stöhnten auf.

„Jens Brodersen auf Apollo: vier Fehlerpunkte“, hörte Tami Frau Kellinghaus sagen.

Das Publikum applaudierte trotzdem anerkennend.

Am anderen Ende des Platzes entdeckte Tami Nils, der die rot-weiße Schranke für den Reiter nach oben zog, damit dieser sein Pferd auf dem Platz abreiten konnte.

„Als nächste Reiterin startet Tami Claasen mit der Nummer vier auf Filou“, ertönte da auch schon Frau Kellinghaus’ Stimme aus den Lautsprechern.

Tami zuckte leicht zusammen, als sie ihren eigenen Namen hörte. In ihren Händen breitete sich ein nervöses Kribbeln aus. Sie umklammerte die Zügel fester.

„Toi, toi, toi, Tami. Du schaffst das!“, rief ihr Marit im Vorbeireiten fröhlich zu.

Ihre Freundin hatte gut reden. Marit war schon auf etlichen Turnieren gestartet. Für sie war das nichts Neues. Aber was, wenn Tami plötzlich alles vergaß, was sie in den Springreitstunden bei Frau Kellinghaus gelernt hatte? Am liebsten würde sie sich in Thunderstorms Box verstecken und das Turnier einfach Turnier sein lassen. Doch da entdeckte Tami Nils, der ihr aufmunternd zuwinkte. Und mit einem Schlag wusste Tami wieder, warum sie unbedingt an diesem Turnier teilnehmen musste, Lampenfieber hin oder her. Nils betätigte wieder die Schranke und ließ sie auf Filou hindurch.

„Viel Glück!“, rief er und zwinkerte ihr zu.

„Danke“, sagte Tami mit zittriger Stimme. Dann schüttelte sie entschlossen den Kopf. Schluss mit der Aufregung! Sie würde das Turnier so gut wie möglich reiten. Für Nils. Das war sie ihm und Troubadour schuldig.

Tami ritt in den Parcours ein und hätte fast vergessen, am Richterpult haltzumachen. Schnell ritt sie zurück, drehte eine Schleife und blieb mit Filou vor dem Pult stehen. Sie grüßte artig und kurz darauf erklang auch schon das Startsignal. Filou galoppierte auf das erste Hindernis zu und setzte mit Leichtigkeit über. Tamis Herz tat vor Erleichterung einen Hüpfer.

Fünf Galoppsprünge später tauchte die Mauer vor ihnen auf. Tami verkrampfte sich unwillkürlich. Filou hatte beim Training vor diesem Hindernis gescheut, da er wegen der Ziegelsteine nicht sehen konnte, was sich dahinter befand. Es hatte sie fünf Versuche gekostet, den Wallach davon zu überzeugen, dass dahinter keine Gefahr lauerte. Ob er sich das gemerkt hatte? Hoffentlich! Tami trieb Filou nun an und wenig später übersprangen sie die Mauer, als hätte es damit nie ein Problem gegeben. Ehe Tami sich über den gelungenen Sprung freuen konnte, setzte Filou bereits perfekt über das nächste Hindernis. Als sie das letzte Rick erfolgreich übersprungen hatten, jubelte das Publikum.

„Tami Claasen auf Filou: null Fehlerpunkte", verkündete Marits Mutter, der man den Stolz auf ihre Reitschülerin deutlich anhören konnte.

Filou verkürzte nun seine Sprünge, bis er schnaubend in einem gemächlichen Schritttempo vom Platz trottete, als hätte er keinen fulminanten Null-Fehler-Ritt hingelegt.

Geschafft! Tami klopfte ihm glücklich seinen verschwitzten Hals, während sie zum Abreitplatz ritt. „Das hast du großartig gemacht, Dicker", sagte sie erleichtert und fuhr ihm mit einer Hand durch seine eingeflochtene Mähne.

Die Schranke am Abreitplatz hob sich. „Du warst großartig", ertönte neben ihr eine bekannte Stimme.

Tami hielt bei der Platzbegrenzung an und schaute dann zur Seite. „Marlon!"

„Nicht dass ich vom Reitsport viel Ahnung hätte, aber null Fehler können sich ja wohl sehen lassen.“ Ihr Freund trat neben Filou und grinste Tami schief an. „Ich wollte der Erste sein, der dir zu diesem grandiosen Ritt gratuliert“, sagte er und strich ihr sanft über den Arm.

„Ich habe es ja immer gewusst“, hörte sie nun eine weitere vertraute Stimme rufen. Nils kam auf sie zugeschlendert und gratulierte ihr herzlich zu ihrem tollen Ritt. Mittlerweile trug auch er Turnierkleidung, da er für den guten Zweck ebenfalls antreten wollte. „Du und Filou, ihr wart einfach unglaublich! Als hättet ihr euch ohne Worte abgesprochen.“

„Ja, das habe ich schon mal gehört.“ Tami lachte. „Filou weiß einfach genau im richtigen Moment, was er zu tun hat. Er ist ein echter Schatz.“

„Ach? Und was ist mit mir?“ Marlon tat, als sei er gekränkt.

Tami beugte sich zu ihm und gab ihm einen Kuss auf die Wange. „Du natürlich auch. Das weißt du doch.“

Marlon grinste freudig über das ganze Gesicht. „Genau das wollte ich hören.“

„Ach, Tami, da vorne steht übrigens Frau Richter, eine Reporterin vom Kurier. Sie würde dich gerne interviewen.“ Nils zeigte auf eine stark geschminkte Frau in einem eleganten Hosenanzug.

„Mich?“, fragte Tami ungläubig. „Warum das denn?“

„Sie hält dich wohl für eine vielversprechende Nachwuchsreiterin“, meinte Nils zwinkernd. „Und damit hat sie doch auch irgendwie recht.“

„Ja, aber –“, wollte Tami protestieren.

„Nix aber. Geh mal zu ihr hin. Ich muss nun Troubi aus dem Stall holen. Wir sind bald dran. Wünsch mir Glück.“

„Viel Glück!“, rief Tami Nils nach, während er Richtung Hof eilte.

Nachdem Tami Filou versorgt hatte, gesellte sie sich zu der Reporterin. Es stellte sich heraus, dass Frau Richter zuvor mit Herrn Klawitter gesprochen hatte. Sie wollte einen großen Artikel über das Reiterfest und das Nordlicht schreiben und hatte sich beim Direktor erkundigt, wer ihr etwas über das Schulleben und die Reitklasse erzählen konnte. Herr Klawitter hatte nicht lange gezögert und ihr Tami empfohlen. Nun stellte sie dem Mädchen allerhand Fragen über die Reiterei, das Pferdeinternat und was sie im Reitsport noch erreichen wollte. Tami beantwortete die Fragen der Reporterin geduldig und so ausführlich wie möglich. Am Ende machte Frau Richter noch ein Foto von Tami und Filou.

„Das war wirklich ganz fantastisch, Tami. Danke, dass du dir Zeit für mich genommen hast. Aber bitte verrate mir zum Schluss doch noch, wofür ihr eigentlich die Spenden sammelt."

„Oh, das darf ich leider noch nicht sagen. Aber es ist wirklich eine sehr gute Sache, das können Sie mir glauben. Es soll eine Überraschung sein."

Die Reporterin versprach, sich so lange zu gedulden, bis der gute Zweck des Reiterfests am Abend offiziell bekannt gegeben wurde.

Für Marit und Jessy war das Turnier leider nicht so gut verlaufen. Peppino hatte zwei Hindernisse gerissen, sodass Marit sich keine großen Chancen auf eine gute Platzierung ausrechnete. Und Jessy hatte Saturn nicht davon überzeugen können, über die Mauer zu springen.

Das Fest wollten sich die Freundinnen davon aber nicht vermiesen lassen und beschlossen, erst etwas gegen ihre knurrenden Mägen zu unternehmen. Tami hatte vor Aufregung am Morgen keinen Bissen hinuntergebracht und merkte erst jetzt, wie hungrig sie eigentlich war. Vom Hof her wehte ihnen ein verlockender Duft entgegen. Dort hatten Marits Brüder einen großen Grill und eine Theke mit Salaten aufgebaut.

„Kommt, setzt euch zu uns!", rief Tamis Mutter vergnügt und deutete auf die freien Plätze zu ihrer Rechten. „Ihr müsst euch jetzt erst einmal stärken. So ein Turnier macht doch bestimmt einen großen Appetit."

„Das sieht aber lecker aus. Habe ich vielleicht einen Hunger", sagte Tami und nahm neben ihrer Mutter Platz, die ihr sogleich eine warme Mahlzeit zuschob. Vor Tami dampften heiße Bratwürstchen auf einem Teller.

Ihre Mutter reichte ihr noch eine Flasche Ketchup und eine Tube Mayonnaise. „Hinterher gibt es noch Apfelstrudel mit Vanillesauce. Den habe ich vorhin noch mitgebracht."

„Danke, Mama." Tami machte sich mit Heißhunger über ihr Essen her. Auch ihre Freundinnen ließen es sich gut schmecken.

„Guck mal da drüben. Da kommt Nils", sagte Marit, die schräg gegenüber von Tami saß.

„Der sieht aber ziemlich traurig aus", stellte Anneke fest und verzog mitleidig ihren Mund.

„Vielleicht hat Troubadour keinen Null-Fehler-Ritt hingelegt", überlegte Zoe.

„Am besten, ich winke ihm mal." Tami stand auf und wedelte wild mit beiden Händen, damit er sie bemerkte. „Hey, Nils! Hier sind wir!"

Nils sah auf und blickte sich um. Sein Gesichtsausdruck hellte sich etwas auf, als er Tami und ihre Freundinnen an den Tischen entdeckte. Er lief auf sie zu und bemühte sich dabei um einen möglichst tapferen Gesichtsausdruck. „Ist bei euch noch ein Platz für mich frei?“

„Klar“, sagte Zoe und rückte näher an Anneke heran, sodass eine Lücke entstand, in die Nils schlüpfen konnte.

„Dein Springen ist wohl auch nicht so gut gelaufen“, sagte Marit. „Aber tröste dich, Peppino war auch nicht in Bestform und Jessy wurde sogar disqualifiziert.“

„Wie? Warum?“, fragte Nils verwirrt.

„Saturn hat vor der Mauer verweigert“, erklärte Jessy ihm und seufzte. „Er wollte einfach nicht drüberspringen. Obwohl das in den Reitstunden nie ein Problem gewesen ist.“

„Das tut mir leid. Ja, manchmal ist es wie verhext mit den Hindernissen“, sagte Nils. „Aber nun sag mir doch mal, wie du eigentlich darauf kommst, dass es bei mir nicht gut gelaufen ist, Marit?“

Tamis beste Freundin zuckte mit den Schultern. „Du hast eben so traurig ausgesehen, als wir dich auf dem Hof entdeckt haben. Da haben wir gedacht, dass du vielleicht nicht so gut abgeschnitten hast.“

„Das Springen war völlig okay. Wir haben null

Fehlerpunkte geschafft", sagte Nils, ganz ohne zu prahlen.

„Oh, wie toll!" Anneke klatschte vor Begeisterung in die Hände. „Dann lass dir gratulieren."

„Herzlichen Glückwunsch", sagte auch Tami und schüttelte Nils die Hand.

„Aber ihr habt recht. Ich bin schon ein bisschen traurig", gab Nils anschließend zu. „Nicht mehr lange und ich muss das Nordlicht verlassen. Der Tag rückt immer näher. Was würde ich darum geben, wenn Troubi und ich bleiben könnten."

Er seufzte niedergeschlagen und sah so todunglücklich aus, dass es Tami vor Mitleid schwer ums Herz wurde. Einen Moment lang überlegte sie, ob sie Nils nicht einfach die Überraschung verkünden sollte. Damit könnte sie ihn augenblicklich von seinen Sorgen befreien. Doch als sie zu Marit schaute, sah diese sie ganz eindringlich an und schüttelte dann kaum merklich den Kopf, als würde sie ahnen, woran Tami dachte.

Eine gelungene Überraschung

Nach dem Essen liefen die Mädchen zum Fußballplatz hinter der Turnhalle, auf dem in wenigen Minuten das Spiel gegen die Mannschaft aus Tetenbüll angepfiffen wurde.

Marit nahm Tami beiseite. „Du darfst Nils jetzt noch nichts von der Spendenaktion erzählen. Stell dir doch mal vor, es kommt nicht genug Geld zusammen. Dann ist er sogar noch enttäuschter, als er jetzt schon ist“, redete sie auf ihre Freundin ein.

„Ja, ja. Ich weiß. Du hast ja recht. Aber er tut mir so leid. Fast hätte ich ihm vorhin alles gesagt.“

„Und damit dann eine große Überraschung kaputt gemacht. Nach der Siegerehrung wird das Geheimnis eh gelüftet. Die Zeit bis dahin wird Nils auch noch überstehen.“

„Na gut“, murmelte Tami, auch wenn es ihr schwerfiel, das Geheimnis für sich zu behalten.

Auf das Fußballspiel konnte sich Tami nicht konzentrieren. Obwohl sie wusste, dass Marit recht hatte, kreisten ihre Gedanken die ganze Zeit um den armen Nils.

Bei all ihrer Grübelei bekam Tami gar nicht mit, dass Wonzi mit seiner Truppe tatsächlich gewann. Erst der aufbrandende Jubel lenkte ihre Aufmerksamkeit wieder auf das Fußballfeld.

„Sie haben es wirklich geschafft. Wer hätte das gedacht?“, rief ihr Jessy zu.

„Wie? Was?“, fragte Tami verwundert.

„Na, unsere Mannschaft hat drei zu zwei gegen die gewonnen“, verkündete Zoe. „Ist zwar Wonzi mit seiner Bande, aber trotzdem freue ich mich irgendwie darüber.“

„Hm, ja“, murmelte Tami, die gerade eine Entscheidung getroffen hatte. „Ich muss jetzt los, wir treffen uns dann später.“

„Wie? Wohin willst du denn?“, rief Zoe ihr hinterher. „Die Siegerehrung findet doch gleich statt.“

„Ich weiß“, rief Tami. „Ich erzähle später alles. Ich beeile mich!“ Damit zwängte sie sich durch die Zuschauerreihen und lief den Weg zum Hof zurück.

Auf halber Strecke kam ihr Marlon entgegen. „Ist das Spiel schon aus?“

„Ja, drei zu zwei für das Nordlicht.“

„Cool“, sagte Marlon und legte dann seinen Kopf schräg. „Und wohin wolltest du gerade?“

„Ich muss ganz dringend etwas aufschreiben. Hast du zufällig einen Stift und ein Blatt Papier dabei?“

„Zufällig nicht. Aber ich weiß, wo wir so etwas finden.“ Marlon zog einen kleinen silbernen Schlüssel aus seiner Hosentasche. „Den hat mir Nils vorhin in die Hand gedrückt. Komm mit!“

Marlon führte Tami zu dem weißen Häuschen, wo Nils sich zuvor um die Anmeldungen gekümmert hatte. Er steckte den Schlüssel in das Schloss und zog die Tür auf. „Bitte schön.“

Auf einem Tisch türmte sich weißes Kopierpapier und daneben lagen Kugelschreiber sowie farbige Stifte.

„Wow! Genau danach habe ich gesucht“, sagte Tami und fiel Marlon begeistert um den Hals. „Danke!“

„Da nicht für. Aber du könntest mich ruhig in deine geheimen Pläne einweihen“, sagte ihr Freund. „Das habe ich mir als dein Retter doch verdient.“

Tami zögerte. Eigentlich wollte sie das Ganze

allein, ohne Mitwisser durchziehen. „Okay, also gut“, sagte sie dann. „Aber du darfst es niemandem verraten. Marit wird das wahrscheinlich gar nicht gut finden.“

„Spuck’s schon aus. Um was geht es?“

„Um Nils.“

„Und weiter?“, fragte Marlon.

„Als ich vorhin gesehen habe, wie unglücklich Nils geschaut hat, wollte ich beinahe alles verraten, aber Marit hat mich davon abgehalten.“

„Was bestimmt auch besser war.“

„Eben nicht“, entgegnete Tami.

„Wieso? Es soll doch eine Überraschung werden. Da kannst du ihm doch nicht vorher schon alles sagen.“

„Wollte ich ja auch gar nicht. Aber wenigstens einen kleinen Hinweis wollte ich ihm geben. Etwas, was ihn neugierig macht und ihm ein wenig Hoffnung schenkt. Jedenfalls will ich auf keinen Fall, dass er sich noch aus lauter Traurigkeit in seinem Zimmer verkriecht und es vielleicht verpasst, wenn die Überraschung verkündet wird.“

Marlon nickte. „Aha. Verstehe. Und damit das nicht passiert, willst du ihm eine Nachricht schreiben?“

„Genau.“ Tami nickte. „Also los, jetzt muss ich mich aber beeilen. Sonst verpasst Nils wirklich noch alles.“ Tami griff nach einem Kugelschreiber und schrieb in ihrer deutlichsten Handschrift eine Nachricht an Nils:

LIEBER NILS,

BITTE KOMME GLEICH ZUR SIEGEREHRUNG.

SIE BEGINNT UM 18 UHR. ICH WARTE DORT AUF DICH.

DU MUSST MIR VERTRAUEN. ES IST SEHR WICHTIG!

DEINE FREUNDIN TAMI

Mit dieser Notiz lief sie hinüber zum Internat. Vor Nils' Zimmertür blieb Tami unschlüssig stehen. Sollte sie doch anklopfen und ihm den Brief persönlich übergeben? Nein, besser sie schob das zusammengefaltete Blatt unter der Tür durch, so wie sie es geplant hatte. Nils würde sonst vielleicht allerhand Fragen stellen und sie vor lauter Mitleid doch noch alles verraten. Also kniete sie sich hin und schob die Nachricht durch den schmalen Schlitz zwischen Boden und Tür. Kaum hatte sie sich wieder aufgerichtet, hörte sie bereits Schritte auf der anderen Seite. Nils schien das knisternde Geräusch des Papiers gehört zu haben. Schnell huschte Tami den Gang entlang und verschwand hinter einer Ecke, bevor er sie entdeckte.

Vor der Reithalle wartete Marit schon ungeduldig auf sie. „Mensch, Tami! Wo bleibst du denn? Die Siegerehrung geht doch gleich los." Sie hakte sich bei ihrer besten Freundin unter und zog sie in die Reithalle. Auf der Bühne hatten sich bereits die Punktrichter neben einem Tisch versammelt, auf dem bunte Turnierschleifen lagen.

Tami und Marit gesellten sich gerade zu ihren Freundinnen, als einer der Punktrichter, ein schlanker Mann mit Halbglatze, zum Mikrofon griff. Er gab den sechsten Platz bekannt, der an ein dunkelhaariges Mädchen aus dem Nachbarort ging.

Tami hörte gar nicht richtig hin, sondern schaute sich nervös um. Wo blieb Nils nur? Er hatte ihre Nachricht doch bekommen und müsste längst da sein. Unruhig wippte sie von einem Bein aufs andere, als sie plötzlich etwas Spitzes in der Rippengegend traf. „Au!", rief sie und hielt sich mit schmerzverzerrtem Gesicht die Seite. „Warum rammst du mir deinen Ellenbogen in die Seite, Jessy?"

„Weil du es sonst verpasst, dir deine Schleife abzuholen." Jessy umarmte sie. „Herzlichen Glückwunsch zum dritten Platz!"

Und schon wurde Tami in Richtung Bühne geschoben, wo ihr eine weiße Schleife und eine

Schatulle mit einer Medaille überreicht wurden. Verblüfft stellte sie sich neben die anderen Gewinner. Als sie sah, wie Nils die Reithalle betrat, atmete sie erleichtert auf.

„Der erste Platz geht an Nils auf Troubadour", verkündete der Preisrichter und übergab eine goldene Turnierschleife und einen kleinen Pokal an Tamis überraschten Klassenkameraden.

„Woher wusstest du das?", raunte Nils Tami zu und zeigte auf das Blatt Papier in seiner Hand.

„Das wusste ich gar nicht", antwortete sie und schüttelte den Kopf. „Deswegen habe ich dir nicht die Nachricht geschrieben."

Nils schaute sie ratlos an. „Weswegen dann?"

„Ich glaube, das wirst du gleich erfahren", sagte Tami, die sah, wie Herr Klawitter zielstrebig auf den Preisrichter zuging und das Mikrofon übernahm.

„Ich möchte noch kurz um Ihre Aufmerksamkeit bitten", sagte er zu den Anwesenden. „Ich habe eine wichtige Mitteilung zu machen."

Augenblicklich begann Tamis Herz schneller zu schlagen. Sie wusste, was nun kommen würde. Ebenso ihre Freundinnen. Hatten sie Erfolg mit ihrem Reiterfest gehabt? War genug zusammengekommen, um Nils' Schulgeld zu bezahlen?

„Sicherlich möchten Sie alle endlich erfahren,

für welchen wohltätigen Zweck wir dieses Reiterfest veranstaltet haben“, fuhr der Direktor fort. „Es handelt sich dabei um einen Notfall. Die Eltern eines unserer Schüler können das Schulgeld leider nicht mehr bezahlen. Umso stolzer bin ich, verkünden zu dürfen, dass Nils, dank der heutigen Einnahmen, bei uns am Nordlicht bleiben kann.“

Nils hatte mit erstarrter Miene den Worten des Direktors zugehört. Als Herr Klawitter ihm schließlich die Hand schüttelte, schien er es immer noch nicht recht glauben zu können. Doch als er plötzlich von den Schülern der Reitklasse umringt wurde, jubelte er lauthals los. „Ihr seid echt der Wahnsinn! Das ist ja unglaublich!“

„Ich dachte, das wüsstest du!“, sagte Tami gespielt entsetzt und stemmte die Hände in die Hüften.

„Was meinst du?“, fragte Nils.

„Na, dass wir eben der Wahnsinn sind.“

Die Kinder lachten und feierten mit Nils seinen Sieg und natürlich auch, dass er weiterhin im Internat bleiben konnte.

Als Tami am Montagmorgen zusammen mit Lisa den Stall betrat, warteten ihre Freundinnen und Nils bereits auf sie.

„Schau mal, Tami, was wir hier haben“, sagte Nils und lächelte sie dabei an.

Auf der grünen Futterkiste lag eine aufgeschlagene, druckfrische Ausgabe des Friesen-Kuriers. Frau Richter hatte Wort gehalten und einen zweiseitigen Artikel im Lokalteil der Zeitung über das Reiterfest geschrieben. In der Mitte prangte ein Foto von Nils, das genau in dem Moment aufgenommen worden war, als er erfuhr, dass das ganze Geld für ihn gesammelt worden war. Gleich daneben war ein Bild von Tami und Filou platziert.

„Nachwuchsreiterhoffnung Tami Claasen“, las Tami laut vor und schüttelte den Kopf. „Was für eine Übertreibung.“

„Von wegen. Gleich den dritten Platz beim ersten Turnier zu belegen. Das muss dir erst einmal jemand nachmachen“, widersprach ihr Marit energisch.

„Sei doch mal stolz auf dich und genieße es“, sagte Lisa.

„Hm“, machte Tami und schaute ihre Cousine an. Nichts erinnerte mehr daran, dass Lisa sich vor Kurzem nicht für Pferde interessiert hatte. Fast schien es Tami, als hätte sie das alles nur geträumt.

Lisa legte lachend ihren Arm um sie. „Weißt du

eigentlich, dass die anderen Reiter sich alle Finger nach so einem tollen Foto samt Kommentar lecken würden?“

Tami schaute sie an und lächelte. „Und weißt du eigentlich, dass ich dich ganz doll lieb habe, Cousinchen?“, fragte sie.

Die besten Ponyfreundinnen und ein Überraschungspferd

Verstärkung für die Reitklasse

„Was machst du denn da?“, fragte Tami erstaunt, die Nils für ihre Springreitstunde bei Frau Kellinghaus abholen wollte. Sie beobachtete ihn dabei, wie er vergeblich versuchte, T-Shirts und Pullover halbwegs ordentlich zu falten. Auf dem Schreibtisch in seinem Internatszimmer lagen kreuz und quer bunte Kleidungsstücke verteilt.

Tami freute es sehr, dass sie Nils durch das Reiterfest, das sie und ihre Freundinnen für ihn organisiert hatten, besser kennengelernt hatte. Und dass er inzwischen fest zu ihrem Freundeskreis gehörte.

„So ein Mist“, brummte Nils entnervt und warf ein blaues T-Shirt zurück auf den Kleiderhaufen.

„Warte, ich helfe dir“, sagte Tami, schnappte sich ein Oberteil und legte es mit ein paar Handgriffen zusammen. „Wohin damit?“

Nils fuhr sich durch die Haare. „Dort drüben in die rechte Hälfte des Schranks."

Tami legte das Kleidungsstück auf ein leeres Regalbrett. Dann drehte sie sich wieder zu Nils um und sah ihn prüfend an. „Und jetzt klär mich mal bitte auf, was diese Aktion soll. Bist du unter die Ordnungsfanatiker gegangen oder wieso faltest du auf einmal T-Shirts? Deine Unordnung war dir doch sonst immer heilig."

Nils verdrehte die Augen. „Ist sie auch immer noch. Aber die Schulsekretärin hat mich vorhin nach der Biologiestunde abgefangen und mir mitgeteilt, dass ich einen Zimmergenossen bekomme. Deswegen muss mein Chaos zukünftig mit der Hälfte des Platzes auskommen", erklärte er mit genervtem Unterton in der Stimme. Seitdem Nils Internatsschüler am Nordlicht war, hatte er ein Zweibettzimmer für sich allein gehabt. Inzwischen hatte er sich an diesen Umstand gewöhnt und seine gesamten Sachen großzügig im Zimmer verteilt.

„Mitten im Schuljahr? Das ist aber eine Überraschung", fand Tami und verschränkte die Arme.

„Das kannst du wohl laut sagen", stimmte Nils ihr zu und probierte sich an einem weiteren Hemd.

„Und wann soll dein neuer Mitbewohner im Internat ankommen?“, fragte Tami, die sich ein Lachen verkneifen musste. Nils hatte wirklich zwei linke Hände und würde wohl eher einen Origami-Schmetterling aus dem Hemd zaubern, als es vernünftig zusammenzulegen.

„Morgen schon.“

„So schnell?“

„Klar. Was meinst du wohl, warum ich hier aufräume.“

„Weißt du denn schon etwas über deinen neuen Mitbewohner? Kommt er auch in die Reitklasse?“

Nils zuckte mit den Schultern. „Ich weiß bloß, dass er so alt ist wie wir. Keine Ahnung, ob er reitet.“

„Mehr hat dir die Sekretärin nicht gesagt?“

Nils trat einen Schritt vom Tisch zurück und begutachtete mit zusammengekniffenen Augen sein Werk, das Tami irgendwie an moderne Kunst erinnerte. „Sie hat noch gesagt, dass er Henry heißt“, fiel ihm ein.

„Oh, Henry. Schöner Name“, sagte Tami. „Du musst zuerst die Ärmel falten.“

„Was meinst du, was ich hier gerade gemacht habe.“ Nils ließ das Hemd fallen und stöhnte laut auf.

Tami lachte. „Das alles aufzuräumen schaffst

du eh nicht mehr vor der Springreitstunde. Du bist ja noch nicht einmal umgezogen."

Nils kratzte sich am Kopf und betrachtete den Kleiderhaufen. „Ich fürchte, das wird eine verdammt kurze Nacht, wenn ich damit bis morgen früh fertig sein will."

„Unsinn. Das geht ganz schnell", beruhigte Tami ihn. „Was hältst du davon, wenn ich dir nach der Reitstunde helfe? Bis zum Abendbrot sind wir damit allemal fertig."

Nils grinste sie schief an. „Davon halte ich eine ganze Menge. Abgemacht. Du bist sozusagen meine Retterin in der Not."

„Okay, prima. Dann wirf dich in deine Reitklamotten. Ich warte draußen auf dich."

Nach der Springreitstunde führten Tami und Nils ihre Pferde zurück in den Stall. Das heißt, Nils führte seinen Wallach Troubadour am Zügel und Tami das Schulpferd Filou. Filou und Tami waren ein perfekt eingespieltes Team und verstanden sich ohne Worte. „Telepathisch" hatte Tamis Reitlehrerin das einmal genannt.

Als die beiden Reiter die große grüne Stalltür erreichten, hörten sie ein Motorengeräusch, das zunehmend lauter wurde. Tami und Nils drehten sich um. Um die Ecke bog der große Geländewagen des Pferdeinternats und zog einen Pferdehänger hinter sich her. Am Steuer saß kein Geringerer als Herr Klawitter, ihr Direktor.

„Seit wann fährt Herr Klawitter denn mit Pferdeanhängern durch die Gegend?“, fragte Tami verdutzt.

Der Direktor leitete zwar das Internat, zu dem auch ein Reiterhof gehörte, doch bislang hatte Herr Klawitter kein besonderes Interesse an Pferden gezeigt. Umso überraschter war sie nun von dem Bild, das sich ihr bot.

„Gute Frage“, sagte Nils, der ebenso verwundert schien. „Vielleicht will er ja unter die Reiter gehen und hat sich mal eben ein eigenes Pferd gekauft?“

Tami lachte auf. „Glaubst du das wirklich? Nie im Leben!“

Das Fenster an der Fahrerseite wurde heruntergekurbelt und der Kopf des Direktors erschien. „Hey, ihr zwei. Kann einer von euch bitte mal Frau Kellinghaus holen? Ich bräuchte Hilfe, um den alten Knaben auszuladen.“

„Sieht fast so aus, als hätte ich doch recht“, raunte Nils Tami zu und hob dabei die Augenbrauen.

Tami schüttelte den Kopf. „Blödsinn!“, gab sie zurück und sagte dann zum Direktor: „Ich laufe gleich los zur Reithalle. Ich bringe vorher nur Filou schnell in die Box."

„Danke."

„Ah, da sind Sie ja wieder!", sagte Frau Kellinghaus, als sie mit Tami am Pferdehänger ankam. „Wie war die Fahrt? Ist alles gut gelaufen?"

„Kann nicht klagen. Wobei es doch etwas gewöhnungsbedürftig ist, mit einer lebenden Fracht über die Straßen zu fahren", gab Herr Klawitter zu.

„Das kann ich mir denken." Frau Kellinghaus lief um den Hänger herum und öffnete ihn.

Tami erhaschte einen Blick auf das Innere und erspähte dort ein stichelhaariges Pony, das wenig später von der Reitlehrerin herausgeführt wurde.

„Wow! Ist das etwa ein Appaloosa?", fragte Tami aufgekratzt, die diese besondere Pferderasse bislang nur von Bildern kannte.

„Ganz richtig", bestätigte Frau Kellinghaus. „Ein sogenannter Red Roan."

„Toll", sagte Tami und trat bewundernd auf das Tier zu, dessen Fellfarben sich von Weiß über Braun bis hin zu Rot erstreckten, um ihm den Hals zu klopfen.

„Ein waschechtes Westernpony", sagte Nils anerkennend.

„Du kennst dich wirklich gut aus, Nils“, bestätigte die Reitlehrerin.

„Ich müsste mal eben schnell zum Internat, um mich um unseren Neuzugang zu kümmern“, schaltete sich Herr Klawitter ein. „Sie kommen doch ohne mich zurecht?“

„Natürlich, Herr Klawitter. Gehen Sie ruhig. Die Box für das Tier haben wir ja bereits vorbereitet. Ich kümmere mich darum“, antwortete Frau Kellinghaus.

Tami und Nils folgten der Reitlehrerin in den Stall. Das Pony bekam eine Box im hinteren Teil des Gebäudes, wo es sich in ruhiger Umgebung gut einleben konnte.

„Um welchen Neuzugang muss sich Herr Klawitter denn kümmern?“, fragte Nils Frau Kellinghaus. „Ist heute etwa ein Schüler angekommen?“

„Oh ja. Herr Klawitter hat Sun Dancer von einem Hof in Hamburg abgeholt und auf dem Weg gleich seinen Neffen vom Flughafen mitgebracht.“

„Herr Klawitter hat einen Neffen?“, fragte Tami erstaunt. Das wurde ja immer interessanter. „Davon wusste ich ja gar nichts.“ Eigentlich wusste sie so gut wie gar nichts über Herrn Klawitter. Jedenfalls nichts Privates. Für sie war er einfach nur der Direktor ihrer Schule. Sie hatte nie darüber nachgedacht, ob er vielleicht eine Familie hatte.

„Das wundert mich nicht, dass du nichts davon weißt. Sein Neffe lebt ja eigentlich auch in Amerika und ist das letzte Mal in Deutschland gewesen, als er noch sehr klein war“, erklärte Frau Kellinghaus und schloss die Boxentür hinter sich.

Sun Dancer beschnüffelte seine neue Umgebung und fand schnell die automatische Wassertränke, die er durch den Druck seiner Nase sogleich bediente.

„Und nun soll er hier zur Schule gehen? Warum das denn?“, fragte Nils.

„Ach, das ist ganz einfach erklärt. Die Schwester von Herrn Klawitter ist Meeresbiologin und hat einen Forschungsauftrag in Hamburg angenommen. Und weil ihr Sohn reitet und ein eigenes Pferd besitzt, hat sie ihn kurzerhand an unserem schönen Internat angemeldet.“

„Dann kommt er also in unsere Reitklasse?“, fragte Tami neugierig.

„Ja, die wird er besuchen.“

„Sagen Sie, der Neffe von Herrn Klawitter heißt nicht zufällig Henry?“, erkundigte sich Nils, der langsam die Zusammenhänge zu verstehen begann.

„Doch. So heißt er.“

Tami und Nils warfen sich bedeutungsvolle Blicke zu. Herrn Klawitters Neffe würde also der neue Zimmergenosse von Nils werden. Und er kam nicht erst morgen, er war bereits eingetroffen. Und in Nils’ Zimmer sah es immer noch so aus wie nach einem Orkan mit Windstärke zehn.

„Wenn ich das gewusst hätte ...“ Nils schaute Tami unbehaglich an. Sosehr er seine chaotische Ordnung liebte, seinem neuen Zimmergenossen wollte er sie jedoch nicht zumuten.

Tami konnte Nils’ Gedanken leicht erraten. Aber wenn sie sich beeilten, konnten sie vielleicht noch verhindern, dass Henry beim Betreten seiner neuen Bleibe der Schlag traf.

„Wir müssen dann wohl mal los“, sagte Tami an Frau Kellinghaus gewandt, die gerade eine Portion Pferdepellets in Sun Dancers Trog schüttete, über die sich das Pony prompt hermachte.

In diesem Moment öffnete sich mit einem leichten Quietschen die Schiebetür des Stalls und Herr Klawitter trat ein. Im Schlepptau hatte er einen Jungen. Er hatte gebräunte Haut, dunkles, kinnlanges Haar und strahlend blaue Augen. Um seinen Mund lag ein Lächeln, das ihn Tami gleich sympathisch machte.

„Ich möchte euch mit meinem Neffen Henry

bekannt machen“, sagte der Direktor. „Er ist heute erst mit dem Flugzeug aus Texas gekommen und wird sich mit dir ein Zimmer teilen, Nils. Henry bleibt für mindestens ein Jahr am Nordlicht und wird auch an der Reitklasse teilnehmen.“

„Hallo, ich bin Henry“, stellte sich Herrn Klawitters Neffe vor und schüttelte allen die Hand.

„Hallo, ich bin Tami“, begrüßte Tami ihn etwas schüchtern.

„Und ich bin Nils. Wir teilen uns ein Zimmer“, sagte Nils.

„Nice to meet you, Nils. Das macht bestimmt viel Spaß, mit dir ein Zimmer zu teilen“, sagte Henry und grinste Nils an.

Nils grinste zurück. „Bestimmt.“

Tami bot an, Henry die Stallungen und den Reiterhof zu zeigen, was dieser begeistert annahm.

„Das ist Troubadour, mein Pferd“, stellte Nils seinen Wallach vor, als sie am Ende der Führung vor seiner Box ankamen.

Henry begutachtete Troubadours imposante Statur.

„Er ist das größte Pferd im ganzen Stall“, erklärte Tami. „Keiner hat so ein hohes Stockmaß wie er.“

Henry drehte den Kopf zu Tami. „Und wo ist deins?"

„Meins?"

„Dein Pferd."

„Ich habe kein eigenes Pferd." Tami schüttelte lachend den Kopf. Aber ich habe ein Pflegepferd. Thunderstorm."

Tami führte Henry zu der Box, die Thunderstorm kürzlich bezogen hatte, da ihre alte zu klein geworden war. Stolz zeigte sie ihm die Stute.

„Wieso heißt das Pferd denn Thunderstorm?", wollte Henry wissen.

„Das ist eine lange Geschichte, aber ich versuche, sie kurz zusammenzufassen." Tami erzählte ihm von Thunderstorms Geburt, wie sie während eines schlimmen Sturms den Tierarzt hatten holen müssen und das Telefon wegen eines Blitzeinschlags nicht funktioniert hatte.

Henry hatte gespannt zugehört und immer wieder den Kopf geschüttelt. „Das ist eine verrückte Geschichte. Ich bin froh, dass ihr es geschafft habt."

„Ja, und ich erst." Tami lachte.

Henry gähnte. „Sorry."

„Du bist bestimmt unheimlich müde von der Reise. Und dann ist da ja auch noch die Zeitumstellung", bemerkte Tami.

„Ein bisschen schon", stimmte Henry ihr zu.

„Dann sollte Nils dir nun dein neues Zimmer zeigen", sagte Tami.

Nils nickte bloß. Da musste er nun wohl oder übel durch.

Tami begleitete die beiden Jungs. Als sie den Flur zu den Schlafsälen betraten, stand bereits Henrys Gepäck vor der Zimmertür.

Nils steckte den Schlüssel ins Schloss und zögerte einen Moment. „Ich muss dich aber vorwarnen", sagte er zu seinem neuen Mitbewohner. „Ich hatte keine Zeit zum Aufräumen."

Henry zuckte bloß mit den Schultern. „Nicht schlimm."

„Okay, ich habe dich gewarnt." Nils drehte den Schlüssel um, drückte die Klinke nach unten und gab den Blick auf das heillose Durcheinander frei.

„Wow! Wirklich chaotisch. Wie zu Hause!", rief Henry belustigt und trat ein.

„Ja, ich weiß. Es ist unhöflich von mir, dich so in deinem neuen Zimmer zu empfangen", entschuldigte sich Nils, dem die Situation sichtlich peinlich war.

Auf Henrys Gesicht erschien ein breites Grinsen. „Das ist okay. Ich bin genauso. Ich hatte so eine Angst, dass ich mir mit einem Ordnungsfanatiker das Zimmer teilen müsste.“ Henry schob Nils’ Sachen einfach zur Seite und hob dann seine Taschen auf sein Bett. Dann ging er auf Nils zu und streckte ihm noch einmal die Hand entgegen. „Friends?“

„Friends!“, sagte Nils erleichtert und schlug ein.

Tami informiert ihre Freundinnen

Tami schwang sich auf den Sattel ihres Fahrrads und trat kräftig in die Pedale. Sie musste unbedingt ihren Freundinnen von Henrys Ankunft erzählen! Die Mädchen halfen an diesem Nachmittag dabei, den Tidelunder Strand aufzuräumen und sauber zu machen, und hatten deswegen nichts von der Ankunft des Texaners und seines Pferdes mitbekommen.

Jeder Schüler des Internats war dazu verpflichtet, diesen freiwilligen Dienst zwei Mal pro Halbjahr zu verrichten. Tamis Vater arbeitete bei der Tidelunder Strandaufsicht und leitete die Aufräumaktionen, bei denen sich immer wieder allerhand ungewöhnliche Gegenstände im Sand fanden. Im letzten Monat waren sie zum Beispiel auf eine vollkommen verrostete Schreibmaschine gestoßen und auf alte Konservenbüchsen, die vermutlich von einem verunglückten Schiff stammten.

Tami fuhr ein ganzes Stück über den Deich, vorbei an grasenden Schafen und den Pferdeweiden, die zum Nordlicht gehörten. Als sie auf der Höhe des Leuchtturms war, hielt sie kurz an, um zu verschnaufen. Sie schirmte mit einer Hand ihre Augen vor dem hellen Sonnenlicht ab. Dann blickte sie über die Salzwiesen zum Strand, auf der Suche nach dem Aufräumtrupp vom Pferdeinternat. Sie wusste von ihrem Vater, dass an diesem Tag der Strandabschnitt vor dem alten Leuchtturm von Müll befreit werden sollte.

Die Freiwilligen auszumachen war allerdings gar nicht so einfach. Tami entdeckte viele Spaziergänger, die mit hochgekrempelten Hosen durch die Brandung liefen, Surfer auf dem Meer, deren bunte Segel wie Farbtupfer über die Wellen zu gleiten schienen, und Touristen mit Hunden, die wild durch den Sand tollten. Über dem Strand schwebten in luftiger Höhe farbenfrohe Drachen und auf der Veranda eines Pfahlbaus machte sie einen Mitarbeiter der Strandaufsicht aus, der durch ein Fernglas das geschäftige Treiben beobachtete.

Tami ließ ihren Blick weiter nordwärts gleiten. Nahe einem Strandlokal entdeckte sie schließlich ihren Vater in seinem rot-weißen T-Shirt. Eine kleine Gruppe war bei ihm, die hellgelbe Säcke hinter sich herzog. Da war es ja: das Aufräumteam ihrer Schule.

Tami radelte weiter auf dem Deich entlang und bog wenige Minuten später auf die lange Seebrücke, die bis zum Strand führte. An deren Ende befestigte sie ihr Rad an einem der dafür vorgesehenen Ständer. Sie zog ihre Schuhe aus und lief barfuß durch den warmen Sand.

„Hey!", rief sie, als sie die Truppe erreichte. Doch der Mann, den sie aus der Entfernung für ihren Vater gehalten hatte, entpuppte sich als Boje. „Ist mein Papa gar nicht da?", wollte Tami wissen.

„Der ist doch zu euch nach Hause gefahren. Ich habe dann die Vertretung übernommen", erklärte ihr der Arbeitskollege ihres Vaters.

„Komisch." Doch ehe Tami sich weiter darüber wundern konnte, hatten ihre Freundinnen sie bereits entdeckt.

„Hey, Tami!", rief Jessy.

Zoe und Anneke winkten ihr aus ein paar Metern Entfernung zu.

„Willst du uns etwa helfen?", fragte Marit und hielt Tami einen gelben Sack hin. „Das ist aber nett von dir."

Tami lachte ihre Freundin an und nahm die Plastiktüte. „Wenn du mich schon so nett fragst, kann ich wohl schlecht Nein sagen." Tami bückte sich und beförderte eine Plastikflasche in den Sack.

„Das finde ich gut. Bist du extra deswegen hergekommen oder was verschafft uns die Ehre?", wollte Marit wissen.

„Fast. Stell dir vor, Nils hat einen neuen Zimmerkameraden bekommen."

„Wirklich? Mitten im Schuljahr?", wunderte sich ihre Freundin. „Das ist aber extrem ungewöhnlich."

„Es ist ja auch ein ungewöhnlicher neuer Schüler." Tami stopfte eine weitere Flasche in die Tüte.

Marit zog ihre Augenbrauen zusammen. „Wie meinst du das?"

„Na ja, er kommt aus Amerika. Genauer gesagt: aus Texas."

„Was? Ein Amerikaner am Nordlicht?", fragte Marit erstaunt. „Wie spannend!"

„Es kommt sogar noch besser. Er wird unsere Reitklasse besuchen."

„Wow!"

„Und er hat sogar sein eigenes Pferd mitgebracht."

Marit hielt in ihrer Arbeit inne. „Ein eigenes Pferd auch noch? Etwa eins aus Amerika?“

Tami nickte. „Ein besonders schönes Pferd sogar.“

„Was ist es denn? Ein Rappe? Ein Schimmel?“, fragte Marit neugierig.

„Ganz kalt.“ Tami winkte ab. „Weder noch. Es ist ein Appaloosa.“

„Nicht dein Ernst! So ein richtiges Westernpferd?“, staunte Marit.

„Genau so eins“, bestätigte Tami.

„Über was redet ihr denn? Ich höre immer nur Westernpferd“, fragte Jessy, die sich zu ihnen gesellt hatte.

„Da hörst du genau richtig. Vorhin ist ein neuer Schüler im Internat angekommen. Aus Amerika. Und er hat sein Appaloosa-Pony mitgebracht“, erklärte Tami ihr.

Jessy bekam große Augen. „Wie aufregend! Und so was passiert natürlich dann, wenn wir unseren freiwilligen Dienst haben. Man verpasst sofort alles. Ich gehe gleich mal rüber zu Zoe und Anneke und werde ihnen die Neuigkeiten erzählen.“

„Und was sagt deine Cousine Lisa dazu? Hast du es ihr schon erzählt?“

Tami schaute zum Wasser, auf dem immer noch

die Windsegel tanzten. „Lisa weiß davon noch nichts. Sie müsste gerade mit dem Surfbrett auf dem Wasser sein."

„Hast du den Neuen denn schon gesehen oder mit ihm gesprochen?", erkundigte sich Marit.

„Ja. Er heißt Henry. Und er ist Herrn Klawitters Neffe", ließ Tami die Bombe platzen.

„Nein! Herr Klawitter hat einen Neffen? Noch dazu einen aus Amerika? Das wird ja immer spannender! Erzähl, wie ist er so? Ich will alles wissen." Marit platzte fast vor Neugier.

„Schon gut, schon gut! Ich erzähle dir ja alles." Tami lachte und berichtete ihrer Freundin ausführlich von ihrer ersten Begegnung mit Henry.

„Er hört sich nett an", meinte Marit, nachdem Tami ihren Bericht beendet hatte. „Vielleicht läuft er mir ja heute noch über den Weg."

„Das glaube ich kaum. Henry war vorhin ziemlich müde von der langen Reise. Er wollte sich schlafen legen."

„Ach, schade!", sagte Marit, der man die Vorfreude auf den neuen Schüler an der Nasenspitze ansehen konnte. „Und meine Mutter hat mir nichts davon erzählt."

„Schien auch ein kleines Geheimnis zu sein."

„Wo steht denn Henrys Pferd? Wenigstens das muss ich mir heute noch ansehen."

„Sun Dancer steht ganz hinten im Stall. In Dimplex' alter Box", sagte Tami. „Moment …" In ihrer Tasche spürte sie den Vibrationsalarm ihres Handys. Seitdem sie die meiste Zeit im Stall verbrachte, war sie dazu übergegangen, das Telefon auf lautlos zu stellen, um die Pferde nicht durch die schrillen Klingeltöne zu stören. Tami griff nach dem Mobiltelefon. Sie hatte eine neue Kurznachricht erhalten. Sie kam von Tante Sabine.

Hallo, Tami, komm bitte nach Hause. Es gibt Neuigkeiten. Lisa habe ich auch Bescheid gegeben. Bis gleich! Tante Sabine

Das hörte sich ziemlich wichtig an. Ihr Vater war ja auch früher als sonst nach Hause gefahren.

„Ist etwas passiert?", fragte Marit. „Du guckst so komisch."

„Tante Sabine hat mir geschrieben. Ich soll sofort nach Hause kommen, weil es Neuigkeiten gibt. Hm … merkwürdig."

„Was kann das bedeuten?"

Tami zuckte mit den Schultern. „Lisa hat sie wohl auch eine Nachricht geschickt. Hoffentlich ist nichts Schlimmes passiert. Mit Oma oder so."

„Ach, bestimmt nicht." Marit legte ihr aufmunternd den Arm um die Schultern. „Dann hätte sie bestimmt etwas in der Nachricht erwähnt. Und Neuigkeiten müssen ja nicht immer automatisch schlecht sein."

„Ja, du hast recht. Jetzt muss ich aber sofort los." Tami drehte sich um. „Ich melde mich bei dir, sobald ich weiß, was los ist", rief sie Marit noch zu, dann lief sie zurück zur Seebrücke. Während sie nach Hause radelte, grummelte und gluckste es in ihrem Bauch, als hätte sie eine große Dose Bohnen gegessen.

Das Doppelpack

Als Tami an der Konditorei ankam und ihr Fahrrad in die Garage schieben wollte, war keine Spur vom Auto ihres Vaters zu entdecken. Normalerweise parkte Herr Claasen seinen großen hellen Wagen immer in der Garagenauffahrt. Tami blieb stehen und blickte sich um. Nichts. Was hatte das nur zu bedeuten? Boje hatte doch gesagt, ihr Vater wäre nach Hause gefahren. Wieso war er also nicht hier? Doch bevor Tami sich weitere Gedanken machen konnte, wurde die Haustür schon aufgerissen und Tante Sabine trat heraus.

„Da bist du ja endlich!" Ihre Wangen waren vor Aufregung gerötet und sie knetete nervös ihre Finger.

Es war also doch etwas Schlimmes passiert. Tami musste schlucken. „Ich bin sofort losgeradelt, als ich deine Nachricht bekommen habe", sagte sie und hob die Hand, in der sie das Handy hielt.

„Ist Lisa auch mitgekommen?“, fragte Tante Sabine.

„Nein. Sie hat doch heute ihren Surfkurs und war noch auf dem Wasser. Sie wird die Nachricht sicher lesen, sobald sie an Land kommt.“

Tante Sabine nickte und lächelte. „Dann ist ja gut.“

Tami verstand immer noch nicht, um was es hier eigentlich ging. Sie hatte ein bisschen Angst davor, ihre Tante danach zu fragen. Womöglich war die Antwort unerfreulich. Doch sie konnte auch nicht länger in dieser Ungewissheit verharren. Sie musste endlich erfahren, um welche Art von Neuigkeiten es sich handelte. Also nahm sie all ihren Mut zusammen. „Weswegen sollte ich denn eigentlich nach Hause kommen?“

„Komm erst einmal mit rein. In der Küche steht selbst gemachte Zitronenlimonade.“ Tante Sabine hielt ihr die Tür auf.

Tami folgte ihrer Tante ins Haus.

Peer saß bereits in der Küche, vor ihm ein Glas Limonade mit Eiswürfeln. Er schaute seine Schwester erwartungsvoll an. „Ist das nicht alles aufregend?“, fragte er sie und nahm einen großen Schluck aus seinem Glas.

Tami ließ sich auf einen Stuhl sinken und zuckte die Schultern. „Kann mich endlich mal jemand aufklären, was hier eigentlich los ist?"

„Mama ist seit heute Mittag im Krankenhaus", platzte es aus Peer heraus.

Tami schlug sich die Hände vor das Gesicht. „Kommen die Zwillinge etwa schon?"

Tante Sabine goss ihrer Nichte ein Glas Limonade ein. „Ja, ihre Wehen haben eingesetzt. Es geht nun endlich los. Bald sind die kleinen Racker auf der Welt", berichtete sie.

„Ach, deswegen hat Boje gesagt, dass Papa schon nach Hause ist", kombinierte Tami.

„Er ist sofort ins Krankenhaus gefahren und ist jetzt mit Oma dort", sagte Tante Sabine. „Deiner Mutter geht es so weit gut, du brauchst dir keine Sorgen zu machen."

„Und wie lange dauert so eine Geburt?", erkundigte Tami sich hibbelig. Sie war erleichtert, dass es sich um gute Neuigkeiten handelte. Genau wie Marit vermutet hatte. Warum war sie nicht selbst darauf gekommen, dass Tante Sabines Nachricht etwas mit den Babys zu tun hatte? Das konnte wohl nur an der Aufregung um Henry und sein Pferd Sun Dancer liegen.

Tante Sabine lächelte sie an. „So genau kann man das nicht sagen. Vielleicht ein paar Stunden.

Oder eventuell länger. Babys haben ihr eigenes Tempo, die kommen nicht nach Fahrplan."

„Können wir sie denn im Krankenhaus besuchen?", wollte Tami wissen, die in diesem Moment am liebsten bei ihrer Mutter gewesen wäre.

„Später, Tami." Ihre Tante ergriff Tamis Hand. „Sobald die Zwillinge auf der Welt sind, ruft Oma an und dann fahren wir gemeinsam zum Krankenhaus."

„Ob sie mir wohl ähnlich sehen werden?", überlegte Peer laut. „Immerhin bin ich der große Bruder."

„Na, da habe ich ja noch mal Glück gehabt, dass ich dir nicht ähnlich sehe. Auch wenn du mein großer Bruder bist", foppte Tami ihn und knuffte ihn in den Arm.

„Eben. Deswegen hoffe ich mal ganz stark auf den neuen Nachwuchs."

Tami und Tante Sabine lachten.

„Was ist denn hier so lustig?", fragte Lisa, die unbemerkt die Küche betreten hatte. „Deine Nachricht hat sich ja extrem wichtig angehört, Mama. Ist was passiert?"

„Setz dich erst einmal", forderte ihre Mutter sie auf und goss ihr ebenfalls ein Glas Limonade ein. „Deine Tante ist im Krankenhaus. Die Geburt steht kurz bevor."

„Echt? Wow! Damit habe ich gar nicht gerechnet."

„Da bist du nicht die Einzige", sagte Tami und dann lauschten sie Tante Sabine, die ihnen nun in aller Ausführlichkeit schilderte, was sich abgespielt hatte, während Tami und Lisa nichts ahnend in der Schule gesessen hatten.

„Heute scheint der Tag der Überraschungen zu sein", sagte Tami, nachdem ihre Tante ihren Bericht beendet hatte und sie mit ihrer Cousine in ihrem gemeinsamen Zimmer saß.

„Tag der Überraschungen? Ist sonst noch etwas passiert?", wollte Lisa wissen und machte es sich auf ihrem Bett gemütlich.

„Das kann man wohl sagen. Nach der Springreitstunde ist nämlich ein neuer Schüler im Internat angekommen."

„Was?", staunte Lisa. „Davon weiß ich ja gar nichts."

„Ich war auch total überrascht. Und das Beste ist: Er kommt direkt aus Texas und ist auch noch der Neffe vom Direx. Sein Name ist übrigens Henry."

„Ich wusste gar nicht, dass er überhaupt einen Neffen hat."

„Das wusste ich auch nicht."

„Und wie ist er so?“, fragte Lisa. „Ist er hübsch?“

„Oh ja. Hübsch ist er. Henry hat ein bisschen was von einem Indianer. Aber das wirst du ja morgen selbst sehen.“

Lisa setzte sich in den Schneidersitz und begann, ihre Haare zu bürsten. „Wie aufregend! Da habe ich ja wirklich etwas verpasst.“

„Vor allem hast du nicht nur ihn verpasst, sondern auch sein Pferd.“

„So?“ Lisa hielt inne mit dem Bürsten. „Was ist denn an seinem Pferd so besonders?“

Nun erzählte Tami ihr von Sun Dancer. Außerdem berichtete sie Lisa von Nils’ Kampf mit seinen Klamotten und wie erleichtert Henry darüber war, mit keinem Ordnungsfanatiker das Zimmer teilen zu müssen.

„Die zwei scheinen ja wirklich gut zusammenzupassen.“ Lisa lachte.

„Ja, das glaube ich auch“, sagte Tami und legte dann nachdenklich die Stirn in Falten. „Was meinst du, ob Mama heute noch die Zwillinge zur Welt bringt?“

Nein, an diesem Abend wurde Tami keine große Schwester. Am nächsten Morgen lag Frau Claasen noch immer mit Wehen im Krankenhaus. Ihr

Mann war die ganze Nacht über in der Klinik geblieben, um seiner Frau beizustehen. Oma saß am nächsten Morgen jedoch am Küchentisch und schmierte für Tami und Lisa Pausenbrote.

„Guten Morgen“, sagte sie vergnügt.

„Guten Morgen, Oma. Du bist ja gar nicht im Krankenhaus.“

„Nein, bin ich nicht. Der Arzt hat gesagt, es würde noch etwas dauern, und deswegen habe ich es vorgezogen, in meinem Bett zu schlafen. Aber dafür ist dein Vater ja dort geblieben und hält Wache.“

Bevor Tami und Lisa zur Schule aufbrachen, nahmen sie Oma und Tante Sabine das Versprechen ab, sich sofort bei ihnen auf dem Handy zu melden, sollten die Babys auf die Welt kommen. Sie wollten solch wichtige Neuigkeiten nicht noch einmal so spät erfahren.

Als Tami und Lisa vor dem Unterricht den Stall betraten, warteten ihre Freundinnen schon ungeduldig an der Futterkiste. Nils war nicht dabei, vermutlich kümmerte er sich um seinen neuen Kumpel Henry. Sogleich wurde Tami von den Mädchen mit tausend Fragen über den Neuen bestürmt.

„Wie ist dieser Henry denn so?“

„Wie lange reitet er schon?“

„Ist er nett?“

„Vielleicht gibt er uns ja Nachhilfe in Englisch“, witzelte Zoe.

„Also, Henry ist sehr nett. Wie lange er schon reitet, weiß ich nicht. Habt ihr denn schon Sun Dancer, sein Pony, gesehen?“

Anneke, Zoe, Jessy und Lisa schüttelten die Köpfe.

„Ich schon. Gestern Abend noch, vor dem Abendbrot“, sagte Marit eifrig. „Ein wunderschönes Pferd.“

„Wir können ja eben zu seiner Box gehen und ihm Guten Morgen sagen“, schlug Tami vor.

Laut schnatternd zogen die Mädchen los zum gegenüberliegenden Stallgebäude. Allerdings blieben sie abrupt stehen, als sie zwei Gestalten vor Sun Dancers Box entdeckten: Nils und Henry.

„Oh, hi!“, rief Nils ihnen zu. „Wolltet ihr nach Sun Dancer sehen?“

„Ja. Wir wollten mal gucken, ob er sich schon eingelebt hat“, sagte Tami, die sich als Erste wieder fing. „Hallo, Henry. Hast du gut geschlafen?“

„Sehr gut, Tami. Das ist ja schön, dass du deine Freundinnen mitbringst, damit ich sie kennenlerne“, sagte Henry und schaute erwartungsvoll zu den Mädchen, die ihn immer noch anstarrten, als wäre er das siebte Weltwunder. Sogar die selbstbewusste Zoe schien beeindruckt von dem neuen Schüler zu sein.

„Henry, das sind meine Freundinnen Marit, Anneke, Zoe und Jessy“, stellte Tami ihm die Mädchen vor. „Und das hier ist meine Cousine Lisa.“

Henry begrüßte ein Mädchen nach dem anderen. Als Letzte war Marit an der Reihe. „Hallo, Marit“, sagte Henry und schüttelte ihre Hand.

„Hallo“, brachte Marit schüchtern heraus und wurde dabei etwas rot. „Du hast wirklich ein schönes Pferd. So außergewöhnlich.“

„Thank you. Das ist sehr nett von dir“, sagte Henry und schenkte Marit ein strahlendes Lächeln. Er schien sich über ihr Kompliment offenbar sehr zu freuen.

Marit lächelte ihn ebenfalls an. „Soll ich dir mal mein Pony zeigen?“

„Ja, gern. Steht es denn auch hier im Stall?“

„Nein, drüben, im anderen Stall. Wenn du willst, stelle ich dir Peppino noch schnell vor, ehe wir zum Unterricht müssen.“ Marit hatte sich nach der anfänglichen Schüchternheit wieder gefangen und marschierte nun zusammen mit Henry zu Peppinos Box. Dabei plapperte sie wie ein

Wasserfall. Das tat sie immer, wenn sie aufgeregt war.

Nils und die Mädchen schauten dem Doppelpack amüsiert hinterher.

„Da scheinen sich ja zwei gesucht und gefunden zu haben“, bemerkte Jessy grinsend.

„Sieht ganz so aus“, meinte auch Nils.

„Und wir sollten uns langsam mal sputen, wenn wir nicht wieder zu spät zur ersten Stunde kommen wollen“, erinnerte Anneke sie.

Marit und Henry schafften es zum großen Erstaunen ihrer Freunde auch noch pünktlich zum Unterricht. Nachdem ihre Klassenlehrerin Henry vorgestellt hatte, durfte er sich auf den Platz neben Nils setzen. Es stellte sich schnell heraus, dass Henry nicht nur in Englisch glänzte, sondern auch in Deutsch, Mathematik, Erdkunde, Physik und Chemie ziemlich gut war.

Nach der zweiten großen Pause hatten die Kinder Leichtathletik in der großen Sporthalle. Nicht gerade Tamis Lieblingsdisziplin. Sie zog ihre nachmittäglichen Reitstunden Kugelstoßen und Weitsprung definitiv vor. Umso dankbarer war sie, als die Schulsekretärin plötzlich in der Halle auftauchte und für eine Unterbrechung der Sportstunde sorgte. Nachdem sie mit dem Sportlehrer gesprochen hatte, wandte der sich an die Klasse.

„Tami und Lisa? Kommt doch mal bitte her“, rief er den Cousinen zu.

Die beiden Mädchen schauten sich überrascht an.

„Eure Oma hat gerade im Sekretariat angerufen. Sie lässt euch ausrichten, dass die Zwillinge nun da sind. Ihr dürft deshalb heute ausnahmsweise früher nach Hause gehen. Lisas Mutter holt euch gleich ab.“

„Endlich!“, rief Tami und fiel ihrer Cousine überschwänglich um den Hals. „Jetzt bin ich endlich eine große Schwester.“

Als Tami und Lisa die Sporthalle verließen, sahen sie schon den Transporter der Konditorei. Tante Sabine saß hinter dem Steuer und wartete mit laufendem Motor auf sie.

Tami riss mit Schwung die Beifahrertür auf. „Wann genau sind die Babys denn auf die Welt gekommen?“

Ihre Tante nahm ihr den Rucksack ab und verfrachtete ihn auf der Rückbank, wo sich Lisa bereits anschnallte. „Vor einer guten halben Stunde. Aber jetzt steig erst einmal ein.“

„Kann ich die beiden sofort sehen? Oder muss

ich noch warten? Wie geht es denn Mama?", sprudelte es aus Tami heraus.

„Ja, mein Schatz. Du kannst sie gleich besuchen. Deine Mama ist noch etwas müde von der Geburt, aber ihr geht es gut. Und jetzt fahren wir ins Krankenhaus."

Die Klinik lag etwa zehn Minuten vom Pferdeinternat entfernt. Tante Sabine und die beiden Mädchen fuhren mit dem Fahrstuhl in die zweite Etage, wo sie im Flur auf Oma und Peer trafen.

„Wir dürfen gleich zu ihnen", verkündete Oma freudig.

„Hoffentlich sehen sie nicht so schrumpelig aus", bemerkte Peer und fing sich dafür einen Klaps von seiner Schwester ein. „Aua!"

„Also echt, manchmal bist du einfach unmöglich!", sagte Lisa kopfschüttelnd.

„Ich meine ja nur …"

„Wo ist denn eigentlich Papa?", wollte Tami wissen.

„Er ist bei deiner Mutter", antwortete Oma. „Schon die ganze Zeit."

„War er etwa auch bei der Geburt dabei?"

„Oh ja, Tami. Er hat sogar gefilmt, wie die Babys auf die Welt gekommen sind", erzählte Oma. „Das können wir uns später ansehen."

Tami und Lisa schauten sich an. „Wow!“, sagten beide gleichzeitig.

Peer gab ein Würgegeräusch von sich. „Igitt! Da ist doch bestimmt alles voller Blut gewesen.“

„Es ist eben nicht jeder so zartbesaitet wie du, mein Lieber“, schaltete sich nun Tante Sabine ein und zwinkerte ihrem Neffen zu.

„Von wegen zartbesaitet“, murmelte er vor sich hin.

Eine Krankenschwester öffnete die Tür zu einem der Zimmer. „Wenn Sie möchten, können Sie nun der Mutter und den Neugeborenen einen Besuch abstatten.“

Und ob sie das wollten. Ein paar Augenblicke später hatte sich die ganze Familie um das Bett versammelt, in dem Frau Claasen vollkommen erschöpft lag. In ihren Armen hielt sie zwei winzige Babys.

„Das sind Paul und Lena“, sagte sie zu Tami und ihrem großen Bruder.

„Wer ist denn wer?“, fragte Tami, die vergeblich versuchte, ihre beiden kleinen Geschwister auseinanderzuhalten.

„Paul trägt ein blaues Mützchen und Lena ein weißes“, erklärte Tamis Vater und sah die Babys verliebt an.

Peer legte den Kopf schief. „Also, die haben ja

mal gar keine Ähnlichkeit mit mir. Eher mit schrumpeligen Rosinen."

„Peer!", ermahnte ihn Oma.

„Nein, nein, lass ihn nur", sagte Herr Claasen und grinste seinen Sohn an. „Sie haben nämlich sogar eine große Ähnlichkeit mit dir, mein lieber Sohn. Wobei du nach deiner Geburt noch wesentlich verschrumpelter aussahst."

Die Familie lachte lauthals.

„Ha, ha", machte Peer, stimmte dann aber in die allgemeine Heiterkeit mit ein.

Die Geburt der Zwillinge musste gefeiert werden. Das stand fest. Doch damit wollten sie warten, bis Tamis Mutter und die Zwillinge das Krankenhaus verlassen durften.

Am Abend konnte Tami keinen Schlaf finden. Ganz im Gegensatz zu ihrer Cousine, die der ganze Trubel hundemüde gemacht hatte und die schon nach wenigen Minuten tief und fest schlummerte.

Tami starrte an die Zimmerdecke und auf die Schatten, die die Bäume aus dem Garten warfen. Ihre Gedanken wanderten immer wieder zu ihrer Mutter und ihren Geschwistern ins Krankenhaus. Sie wusste zwar nicht genau, was alles auf sie zukommen würde, doch nahm sie sich vor, von jetzt an immer für Paul und Lena da zu sein. Sie wollte sie füttern, mit ihnen spielen und war sogar bereit, ihre vollen Windeln zu wechseln. Sie würde sich Mühe geben, die beste große Schwester überhaupt zu sein. Außerdem hoffte sie, dass beide Pferde genauso lieben würden, wie sie es tat.

Der Trubel beginnt

Vier Tage später war es dann endlich so weit. Tamis Mutter und die Zwillinge durften das Krankenhaus verlassen. Das Zimmer unter dem Dach, in das die beiden Kleinen ziehen sollten, war zwar rechtzeitig fertig geworden. Doch in den ersten Monaten würden Pauls und Lenas Babybettchen im Elternschlafzimmer stehen.

„Das ist für den Anfang viel praktischer“, hatte Frau Claasen zu Tami gesagt. „So haben wir es auch bei dir und Peer gemacht.“

„Die haben ja immer Hunger. Sogar nachts.“ Tami staunte nicht schlecht, wie viel Arbeit zwei Babys machen konnten. „Bleibt das jetzt etwa für immer so?“

„Nein. Gott bewahre! Aber in der ersten Zeit wollen Babys eben nur essen und schlafen.“ Ihre Mutter lachte.

Tami half ihrer Mutter, wann immer sie Zeit hatte, achtete dabei aber auch darauf, dass ihr Pflegepferd Thunderstorm nicht zu kurz kam. Deswegen spielte es sich bald so ein, dass sie abends Zeit mit den Zwillingen verbrachte und sich davor um die Pferde kümmerte.

Aus dem ehemaligen Fohlen, das an einem schlimmen Sturmtag das Licht der Welt erblickt hatte, war mittlerweile ein schmuckes Jungpferd geworden, dem man beim Wachsen fast zusehen konnte.

Tami kümmerte sich jeden Tag nach der Schule um Thunderstorms Pflege und versorgte sie mit allerhand Streicheleinheiten. Zwischen Unterrichtsende und den Reitstunden am Nachmittag striegelte und bürstete sie das Fell der jungen Stute, bis es samtig glänzte und sich kein Staubkorn mehr darin fand.

„Der Preis in der Kategorie *Schönstes Fell im Stall* geht eindeutig an Thunderstorm", meinte Nils eines Tages bewundernd, als er Tami dabei zusah, wie sie die Hufe des Tieres einfettete.

Tami wischte sich mit dem Handrücken über die Stirn. Bei den sommerlichen Temperaturen führte schon die kleinste körperliche Anstrengung dazu, dass sie kurze Zeit später schwitzte wie nach einem flotten Dauerlauf. Sie schraubte den Deckel auf die Dose und legte den Pinsel in die kleine Tüte zurück. „Das hättest du vor zwei Stunden nicht gesagt. Da hätte sie eher den Preis für den Dreckspatz des Stalls verdient."

„So? Was war denn vor zwei Stunden?"

„Da habe ich ein graues Pferd von der Weide geholt und fast nicht wiedererkannt."

„Oh, hat sie sich etwa gewälzt?", fragte Nils und grinste dabei etwas schadenfroh.

Tami warf das Tuch, mit dem sie zuvor Thunderstorms Nüstern gesäubert hatte, nach Nils. „Du brauchst gar nicht so spöttisch zu grinsen."

Er schnappte sich das Tuch und warf es wieder zu ihr zurück. „Ein bisschen Spaß muss sein."

Tami führte Thunderstorm wieder in ihre Box zurück und verriegelte die Tür von außen. „Wir sollten jetzt besser Filou und Troubadour für die Reitstunde fertig machen."

Die beiden holten das Zaumzeug aus der Sattelkammer und liefen damit zu den Boxen ihrer Pferde.

„Komisch", wunderte sich Tami und schaute die leere Stallgasse entlang.

„Was ist komisch?"

„Ich frage mich, wo Marit nur bleibt. Sonst ist sie doch immer die Erste im Stall. Aber ich kann sie nirgends sehen."

„Hat sie dir denn nicht Bescheid gesagt?“

„Bescheid gesagt? Warum sollte sie mir denn Bescheid sagen?“

„Marit kommt heute nicht zur Reitstunde, sie ist mit Henry ausgeritten.“

„Schade.“ Tami verzog enttäuscht den Mund. „Ständig ist sie mit Henry unterwegs.“

„Höre ich da etwa Eifersucht raus?“

„Pfft“, machte Tami. „Ich bin nicht eifersüchtig. Aber ich sehe sie gar nicht mehr.“

Nils legte Troubadour den Sattel auf. „Dabei könnte ich schwören, dass ihr euch heute in der Schule gesehen habt. War wohl eine optische Täuschung“, scherzte er und zwinkerte Tami zu.

„So meine ich das nicht.“ Tami schüttelte den Kopf und schob Filou das Gebissstück ins Maul. „Sonst haben wir uns auch nachmittags gesehen und etwas unternommen. Nicht bloß in der Schule.“

„Also, ich finde es gut, dass sie sich so um Henry kümmert.“ Nils zog Troubadours Schopf über den Stirnriemen.

„Kümmern ist gut. Ich finde, sie übertreibt es ein bisschen mit ihrer Betreuung.“

„Ach Quatsch. So lebt sich Henry umso schneller am Nordlicht ein“, fand Nils. „Bist du fertig?“

Tami nickte. „Ja. Fertig.“

Sie konnte sich nicht helfen. Eifersüchtig wollte sie bestimmt nicht sein. Und doch verursachte der Gedanke daran, dass ihre beste Freundin seit Kurzem ihre Freizeit lieber mit Henry verbrachte als mit ihr, einen leichten Stich in Tamis Herzgegend. Sie mochte Henry auch, keine Frage. Aber irgendwie hatte sie das Gefühl, er würde ihr ihre beste Freundin wegnehmen. Seit Marit ihm zum ersten Mal begegnet war, hatte sie nur noch Augen für ihren neuen Mitschüler. Tami wünschte sich einfach, dass alles wieder so werden würde, wie es vor Henrys Ankunft gewesen war.

An diesem Freitagnachmittag fand der Reitunterricht bei Frau Kellinghaus wegen des schönen Wetters auf dem Außenreitplatz statt, der hinter der großen Reithalle lag. Jessy ritt heute auf ihrem Liebling Saturn, Lisa war der zuverlässige Dimplex zugeteilt worden und Zoe und Anneke bestritten die Stunde auf den Haflingerponys Max und Bento. Von Tamis Freundinnen ritt abgesehen von Marit Anneke am besten. In ihrem zierlichen Körper steckte eine ungeheure Kraft, die man ihr auf den ersten Blick gar nicht zutraute. Tami staunte jedes Mal, wie Anneke mit jedem noch so schwierigen Pferd klarkam und sich trotz ihres Fliegengewichts durchzusetzen wusste.

„Heute steht mal wieder eine Dressureinheit für euch auf dem Unterrichtsplan“, verkündete Frau Kellinghaus zu Beginn der Stunde.

Nachdem sich Reiter und Pferde warmgeritten hatten, folgten Figuren im Schritt und im Trab auf der rechten, dann auf der linken Hand.

Frau Kellinghaus forderte Schüler und Pferde mit kniffeligen Dressuraufgaben, die sie im flotten Trab absolvieren ließ. Nach einer guten halben Stunde dampften die Tiere bereits und die Gesichter der Reiter hatten eine rosige Farbe angenommen.

„Okay, danke!“, rief Frau Kellinghaus am Ende der Stunde. „Ihr könnt die Pferde nun noch zehn Minuten am langen Zügel abreiten.“

Lisa und Tami ritten nebeneinanderher und ihre Pferde streckten ihre Hälse aus. Die Mädchen waren während der Reitstunde gehörig ins Schwitzen gekommen.

„Puh, war das anstrengend“, sagte Lisa außer Atem. „Ich fühle mich richtig erledigt, so als hätte ich den kompletten Tidelunder Strand umgegraben.“

„Da bist du nicht die Einzige. Ich bin auch völlig kaputt“, stimmte Tami ihr zu und klopfte Filou den schweißnassen Hals. „Wir haben heute richtig gut gearbeitet.“

„Weißt du eigentlich, wo Marit steckt?“, fragte Lisa.

„Marit ist mit Henry ausgeritten.“

„Die beiden scheinen sich wirklich gut zu verstehen. Aber Henry ist auch ein richtig netter Typ. Da kann ich Marit schon irgendwie verstehen, dass sie lieber mit ihm ausreitet, als am Reitunterricht bei ihrer Mutter teilzunehmen“, sagte Lisa. Plötzlich schaute sie an Tami vorbei und ihr Mund verzog sich zu einem Schmunzeln.

„Was grinst du denn so?“

„Na, wenn man vom Teufel spricht. Guck mal, wer da kommt.“

Tami entdeckte Marit und Henry, die auf ihren Pferden zwischen den Weiden entlangritten und Kurs auf den Reitplatz nahmen.

„Wie war die Stunde? Haben wir etwas verpasst?“, rief Marit ihnen gut gelaunt zu. Dabei strahlte sie über das ganze Gesicht wie ein Honigkuchenpferd. Der Ausritt schien ihr offensichtlich mehr als gut gefallen zu haben.

„Auf jeden Fall anstrengend“, antwortete Lisa.

„Beim nächsten Mal sind wir auch wieder dabei“, gab Marit zurück.

Tami fiel das „wir“ in Marits Satz sofort auf. „Du hast uns gefehlt“, sprach sie deswegen ihre Freundin direkt an. Marit sollte ruhig wissen, dass es ihr keineswegs egal war, wenn sie durch Abwesenheit glänzte.

„Das freut mich zu hören." Marit lachte Tami an, als wäre zwischen ihnen alles in bester Ordnung. „Wir werden mal unsere Ponys in den Stall bringen."

Und schon setzten sich die zwei wieder in Bewegung und verschwanden um die nächste Ecke.

Nachdem die Reitschüler ihre Pferde abgeritten hatten, brachten sie die Tiere ebenfalls zurück in ihre Boxen.

„So, wir machen uns dann mal fertig für das Heimwochenende", sagte wenig später Jessy, die mit Zoe und Anneke zu Filous Box gekommen war, um sich von Tami zu verabschieden. Die Schüler, die im Internat wohnten, fuhren alle zwei Wochen übers Wochenende nach Hause zu ihren Familien.

„Stimmt ja. Heute ist es ja wieder so weit. Dann gute Reise und viel Spaß bei euren Eltern", verabschiedete Tami sich von ihren Freundinnen.

Als diese den Stall verlassen hatten, griff Tami nach einer großen Handvoll Stroh, um Filous Fell trocken zu rubbeln.

„Kann ich dir helfen?", vernahm sie plötzlich eine Stimme aus der Stallgasse.

Überrascht schaute Tami auf. Sie hatte Marits Kommen gar nicht bemerkt. Sie war viel zu sehr mit ihrer Arbeit beschäftigt gewesen.

„Zu zweit geht es schneller“, bot Marit noch einmal ihre Hilfe an, nachdem Tami nicht sogleich geantwortet hatte.

„Ja. Sicher“, sagte Tami und nickte.

Marit griff nach einer Handvoll Stroh und begann, Filou auf der anderen Seite mit den trockenen Halmen zu bearbeiten.

Eine Weile rieben die Mädchen schweigend über Filous Fell, bis Marit die Stille durchbrach. „Hast du eigentlich davon gehört, dass der neue Pferdefilm in Tetenbüll gezeigt wird?“, fragte sie Tami.

„Nö. Welcher Film soll das denn sein?“

„Der Film, über den wir mal vor Urzeiten gesprochen haben. Du weißt schon, mit diesen Mädchen, den Westernreiterinnen“, sagte Marit.

„Ach, *den* Film meinst du.“

„Genau, den. Jedenfalls läuft der jetzt in Tetenbüll.“ Marit sah Tami über Filous Rücken erwartungsvoll an.

„Cool“, sagte Tami bloß und wandte sich dann wieder Filous Hals zu.

„Hast du Lust, morgen mit mir in den Film reinzugehen?“, fragte Marit.

Erstaunt blickte Tami auf. Marit wollte sich mit ihr zum Kino verabreden? Damit hatte sie überhaupt nicht gerechnet. Ihr Herz tat vor Freude einen kleinen Hüpfer. Endlich würde sie mit ihrer besten Freundin wieder etwas gemeinsam unternehmen. So wie früher. Das wurde auch langsam mal Zeit. „Ja, total gerne", sagte Tami freudig. „Ich habe allerdings meinem Vater versprochen, morgen mit ihm zum Einkaufen zu fahren. Wann läuft denn der Film?"

„Um 15 Uhr ist Einlass."

„15 Uhr? Hm ...", Tami überlegte kurz. „Doch, das kommt hin. Ich kann meinen Vater ja fragen, ob er mich auf dem Rückweg vom Supermarkt am Kino absetzen kann. Zurück könnten wir dann gemeinsam mit dem Bus fahren."

„Du kommst also mit?", erkundigte sich Marit.

Tami nickte. „Um 15 Uhr vor dem Kino in Tetenbüll."

„Prima. Das wird toll." Marit lächelte sie voller Vorfreude an.

Auf dem Nachhauseweg fuhr Tami noch an der Surfschule vorbei, um Marlon einen kurzen Besuch abzustatten.

Ihr Freund freute sich, sie zu sehen, und nahm Tami in den Arm. „Schön, dass du vorbeischaust", sagte er. „Ich hätte dich sonst später noch angerufen.“

„Ich wollte wenigstens kurz Hallo sagen, bevor ich Mama mit den Zwillingen helfe.“ Seit der Geburt der Babys hatte Tami weniger Zeit für Marlon gehabt. Er hatte ihr aber versichert, dass das kein Problem sei und er dafür Verständnis hätte. Tami war froh, einen so entgegenkommenden Freund zu haben.

„Genau, die Zwillinge. Wie ist es denn so als große Schwester?“ Marlon war Einzelkind und freute sich, wenn Tami ihn mit Neuigkeiten über Paul und Lena auf dem Laufenden hielt.

„Anstrengend.“ Tami musste lachen. „Ich hätte nie gedacht, dass zwei so kleine Menschen so viel Arbeit machen können“, gab sie zu. „Ich bewundere Mama, wie sie das alles schafft. Sie kommt kaum mehr zum Schlafen, weil entweder Paul Hunger hat oder Lena gefüttert werden will.“

„Klingt nach richtiger Action.“

„Sogar nach Dauer-Action.“

„Und dabei wollte ich dich eigentlich fragen, ob wir morgen mal wieder was zusammen unternehmen können“, sagte Marlon.

„Oh, wie schade! Ich habe mich vorhin schon mit Marit zum Kino verabredet.“

Marlon zuckte die Schultern. „Da kann man wohl nichts machen. Und mitkommen kann ich ja nicht, ohne den Beste-Freundinnen-Nachmittag zu stören. Welchen Film seht ihr euch denn an?“

„Einen ganz tollen. Den will ich schon so lange sehen. Mit Westernreiterinnen“, sagte Tami und strahlte. Sie freute sich wirklich auf den Mädchennachmittag mit Marit.

„Oh … Westernreiten. Tja, dann surfe ich morgen doch lieber eine Runde. Wir können uns ja für einen anderen Tag verabreden“, sagte Marlon. Er mochte zwar Pferde, aber für einen reinen Pferdefilm konnte er sich nicht wirklich erwärmen. „Trotzdem wünsche ich dir viel Spaß.“

„Den werde ich bestimmt haben“, war sich Tami sicher.

Das fünfte Rad am Wagen

Herr Claasen fuhr Tami am nächsten Nachmittag wie verabredet zum Kino in Tetenbüll. Das kleine Lichtspielhaus lag in der Nähe des kleinen Fischerei- und Sportboothafens. Tami traf überpünktlich am verabredeten Treffpunkt ein. Ihr Vater setzte sie eine Viertelstunde zu früh vor dem Kino ab.

„Viel Spaß, meine Kleine“, sagte er beim Abschied und drückte ihr einen Zwanzigeuroschein in die Hand. „Das dürfte ausreichen, um auch noch Popcorn und ein Getränk zu kaufen.“

Tami gab ihrem Vater einen Kuss auf die Wange. Er war immer so großzügig, obwohl sie ihm doch gesagt hatte, dass sie für den Kinobesuch extra ihr Sparschwein geplündert hatte. „Danke, Papa.“

Natürlich war sie die Erste am Kino. Von Marit

war weit und breit noch nichts zu sehen. Um sich die verbleibende Zeit zu vertreiben, schaute Tami sich die Filmplakate an, die in den Schaufenstern vor dem Eingang ausgestellt waren. Unter den Bildern befanden sich auch einige Schnappschüsse aus dem Pferdefilm, den sie sich mit Marit ansehen wollte. Interessiert betrachtete Tami die Fotografien und konnte es kaum noch abwarten, den Film endlich zu sehen.

Sie schaute auf die Uhr. Zwei Minuten nach der verabredeten Zeit und noch immer keine Marit in Sicht. Vielleicht hatte der Bus Verspätung. Vielleicht sollte sie schon mal zur Kasse gehen und zwei Kinokarten besorgen. Das sparte Zeit und so würden sie gleich in den Vorführsaal gehen können, wenn Marit eintraf. Tami schaute noch einmal die Straße entlang. Nachdem sie ihre Freundin immer noch nicht ausmachen konnte, kaufte sie schließlich zwei Tickets an der Kasse.

Wenige Minuten später kam Marit endlich am Kino an. Doch Tami klappte die Kinnlade herunter, als sie entdeckte, wen ihre beste Freundin da im Schlepptau hatte: Henry. Doch Tami versuchte, sich nichts anmerken zu lassen, schluckte ihre Enttäuschung herunter und lächelte den beiden tapfer entgegen.

„Sorry, Tami, wir haben den Bus verpasst“, entschuldigte Henry ihr Zuspätkommen.

„Ja, er ist uns einfach vor der Nase weggefahren. Wartest du schon lange?“

„Nein, ich bin auch gerade erst gekommen“, log Tami und gab sich betont leichthin. „Ich habe schon zwei Tickets besorgt. Ich wusste nicht, dass Henry auch mitkommt, sonst hätte ich gleich drei gekauft.“

„Ach, habe ich dir das denn nicht gesagt?“, fragte Marit erstaunt.

„Nein, hast du nicht.“

„Oh! Dann ist mir das wohl durchgegangen.“

„Macht ja nichts. Ist doch schön, dass Henry uns begleitet“, sagte Tami und lachte etwas zu hoch. Hätte sie gewusst, dass Henry mit dabei war, hätte sie auch Lisa mitnehmen können. Ihre Cousine hatte nämlich am Vorabend ebenfalls Interesse an dem Film bekundet und gefragt, ob sie nicht auch mitkommen könnte. Doch Tami hatte ihr erklärt, dass sie und Marit allein etwas unternehmen wollten. Jedenfalls hatte sie das zu dem Zeitpunkt fest geglaubt.

Im Kinosaal saß Marit natürlich in der Mitte. Während des gesamten Films flüsterte und kicherte sie ununterbrochen mit Henry, als wäre Tami gar nicht vorhanden. So kam es, dass sich

Tami immer mehr wie das fünfte Rad am Wagen fühlte. Sie kam sich völlig überflüssig vor und am Ende des Films fragte sie sich, wieso Marit sie überhaupt hatte dabeihaben wollen. Auf Henry konnte Tami noch nicht einmal richtig wütend sein, denn er bemühte sich, im Gegensatz zu Marit, Tami in die Gespräche einzubeziehen.

Als Tami auf dem Rückweg eine Haltestelle vor Marit und Henry aus dem Bus steigen konnte, war sie richtig froh.

„Und? Wie war der Film?", wurde sie zu Hause von Lisa empfangen.

„Ganz gut", sagte Tami und hängte ihre Jacke in den Schrank.

„Moment mal." Lisa schüttelte irritiert den Kopf. „Ich habe eher mit so was wie *bombastisch*, *phänomenal* oder *überirdisch gut* gerechnet. Aber *ganz gut*, das klingt so wischiwaschi. Dabei wollte ich den Film auch noch sehen."

Tami drehte sich zu ihrer Cousine um. „Ja, der Film ist ja auch richtig gut …"

„Aber?"

Tami seufzte und sank dann auf ihr Bett. „Ich hatte mich so auf unseren Mädelstag gefreut. Aber dann ist alles ganz anders gekommen." Tami sah ihre Cousine bedrückt an und blinzelte die aufsteigenden Tränen weg.

„Oje! Ist Marit denn nicht zu eurer Verabredung gekommen? Hat sie sie etwa vergessen? Musstest du alleine ins Kino gehen?“ Lisa legte Tami tröstend einen Arm um die Schulter.

„Nein. Vergessen hat sie unser Treffen zwar nicht, aber dafür hat sie Henry mitgebracht.“

„Oh nein!“

„Doch, leider. Also, versteh mich nicht falsch, ich mag Henry wirklich. Aber es sollten doch nur Marit und ich sein. Sonst hättest du ja auch mitkommen können. Ich habe schon so lange nichts mehr mit Marit alleine unternommen. Seitdem Henry da ist, ist irgendwie alles anders.“

„Das tut mir wirklich leid“, sagte Lisa bedauernd. „Ich wusste auch nicht, dass sie geplant hatte, Henry mitzunehmen. Und was hast du nun vor?“, fragte Lisa.

„Keine Ahnung“, sagte Tami ratlos.

„Willst du mit Marit darüber reden?“

„Auf keinen Fall“, wiegelte Tami ab. „Ich finde, sie muss sich von sich aus mit mir treffen wollen. Also ohne Henry.“

„Stimmt. Da hast du recht. Ihr deswegen Vorwürfe zu machen, würde bestimmt nichts bringen“, pflichtete ihr Lisa bei.

Tami sah ihre Cousine dankbar an. Mittlerweile war Lisa eine richtig gute Freundin für sie geworden und Tami hoffte, dass sie mit ihrer Mutter noch lange bei ihnen wohnen bleiben würde. „Ich bin so froh, dass ich dich habe. Und wenn du willst, gehe ich gerne noch einmal mit dir in den Film."

„Abgemacht!", freute sich Lisa. „Aber jetzt mal was ganz anderes: Hast du dir schon Gedanken über deinen Geburtstag gemacht?"

„Nö. Wieso?"

„Na, hör mal! Den müssen wir doch schließlich groß feiern. Immerhin wirst du vierzehn", sagte Lisa gespielt entsetzt.

Tami überlegte einen kurzen Moment, bevor sie ihrer Cousine antwortete. „Hm ... das stimmt wohl."

„Prima! Wir machen eine Party! Und ich habe sogar schon jede Menge Ideen." Lisa war in ihrem Element, sobald sie etwas planen konnte, und Tami ließ sich von ihrer Begeisterung nur allzu gerne anstecken. Das war immerhin besser, als über ihre Freundschaft mit Marit nachzugrübeln und deswegen Trübsal zu blasen.

Insgeheim hatte Tami darauf gehofft, Marit würde sich am nächsten Tag bei ihr melden, um ihr zu sagen, dass es nicht richtig war, Henry einfach mit zu ihrer Verabredung zu bringen. Doch ihre beste Freundin meldete sich den ganzen Tag über nicht. Dafür rief aber Marlon an. Er lud sie zu einem Eis ein und danach schauten sie sich gemeinsam eine DVD an.

Als Tami ein paar Tage später den Stall betrat, wartete Henry vor Filous Box auf sie. Er hockte auf einem Strohballen und bastelte aus mehreren Halmen kleine Männchen.

„Hallo, Henry. Was machst du denn hier?“, fragte Tami ihn verwundert. „Steht Sun Dancer nicht drüben im anderen Stall?“

Er lächelte sie breit an. „Klar, Sun Dancer ist nicht hier. Aber du bist hier. Und ich warte auf dich.“

Tami verzog erstaunt das Gesicht. „Auf mich?“ Was hatte das nun wieder zu bedeuten?

„Ja, ganz richtig.“

Tami war schleierhaft, aus welchem Grund Henry auf sie gewartet hatte.

„Ich wollte dich fragen, ob du mit mir ausreiten willst.“

„Du willst ausreiten? Mit mir?“, fragte sie ungläubig. „Reitest du denn sonst nicht immer mit Marit aus?“

Henry grinste sie an. „Heute nicht. Deswegen frage ich ja dich, ob du mit mir ausreitest.“

Tami überlegte kurz, ob das für Marit okay

wäre, wenn sie zusammen mit Henry ausritt. Auf der anderen Seite war Henry nicht Marits Eigentum und schließlich hatte *er* sie gefragt. „Okay. Warum nicht?“

„Great!“

„Wohin willst du denn reiten?“, erkundigte sie sich.

„Ich war noch nie am Nordstrand.“

„Willst du etwa zum Leuchtturm?“, fragte Tami.

Er nickte und hielt sein Smartphone hoch. „Ich möchte für meine Freunde in Amerika ein paar schöne Fotos machen.“

„Ah, verstehe. Der Weg zum Leuchtturm ist übrigens meine Lieblingsroute. Von mir aus können wir gleich los.“

Zwanzig Minuten später verließen sie bei strahlendem Sonnenschein den Hof. Tami ritt auf Filou voraus und Henry folgte ihr im Westernsattel auf seinem Pony Sun Dancer, das freudig schnaubte. Die Sicht war ganz klar, sodass sie den Leuchtturm schon von Weitem ausmachen konnten. Der Sand schimmerte im Sonnenlicht nahezu weiß und die Gischt des Meeres rollte schäumend an den Strand. Es war ein Tag wie aus dem Bilderbuch, der einen seine großen und kleinen Sorgen nahezu vergessen ließ.

Auf dem Rückweg schaute Tami Henry nachdenklich an. Sie konnte durchaus verstehen, warum Marit so viel Zeit mit ihm verbrachte. Henry war nicht nur nett, sondern auch ziemlich witzig. Außerdem hatte er sehr viel zu erzählen und war noch dazu ein richtiger Pferdeexperte. Sein Wissen über Pferdehaltung und die einzelnen Rassen schien nahezu unerschöpflich.

Nach dem Ausritt bedankte sich Henry bei Tami. „Es war wirklich super. Jetzt habe ich ganz viele schöne Fotos, die ich verschicken kann. Das sollten wir unbedingt öfter machen."

„Oh ja", stimmte sie ihm begeistert zu. Ihr hatte der Ausflug ebenfalls großen Spaß gemacht. „Vielleicht kommen Nils und Marit nächstes Mal ja auch mit."

„Das wäre cool", fand Henry und verabschiedete sich dann von ihr. Er musste noch Hausaufgaben machen und ein gemeinsames Referat mit Nils vorbereiten.

Tami brachte Filous Sattel in die Kammer. Sie hievte ihn auf einen Bock und räumte noch schnell ihren Spind auf. Das wurde mal wieder Zeit. In den letzten Wochen war sie überhaupt nicht dazu gekommen. Sie tastete mit einer Hand im oberen Fach des Schranks herum und fischte eine (vermutlich von Mäusen) angeknabberte

Wurzelbürste und einen halb verrosteten Mähnenkamm hervor.

„Wäh!" Angewidert verzog Tami das Gesicht.

Dort oben befanden sich wahrscheinlich noch weitere Schätze, die es dringend zu entsorgen galt. Sie sah sich um und entdeckte einen großen Eimer, der stabil aussah. Sie stellte ihn direkt vor ihren Spind und stieg vorsichtig mit beiden Füßen darauf. So war es besser.

Bald ertastete ihre Hand eine Plastikfolie. Das waren bestimmt die Leckerlis, die sie schon so lange suchte. Was man nicht alles fand, wenn man sich einmal überwand aufzuräumen. Tami stieg vom Eimer und begutachtete das Haltbarkeitsdatum, das auf der Tüte aufgedruckt war. Wie praktisch, die Leckerchen waren noch genießbar.

Nachdem sie mit ihrer Aufräumaktion fertig war, ging Tami zu Filou, um ihn mit ein paar Leckereien zu verwöhnen. Danach lief sie über den Hof zum anderen Stall. Als sie nur noch wenige Schritte von dem Gebäude entfernt war, hörte sie auf einmal Stimmen und laut und deutlich ihren Namen. Wie merkwürdig. Wer redete denn da nur über sie? Tami ging in leicht geduckter Haltung zu einem geöffneten Fenster und horchte. Normalerweise lauschte sie nie, doch ihr Gefühl sagte ihr, dass sie es in diesem Fall ausnahmsweise mal tun sollte.

Nun erkannte sie die Stimmen. Frau Kellinghaus und Herr Klawitter unterhielten sich angeregt miteinander. Worüber, konnte Tami zuerst nicht verstehen. Aber hatten sie wirklich ihren Namen genannt? Doch da hörte sie ihn ein weiteres Mal: „Tami.“ Zweifel ausgeschlossen. Tami hob den Kopf und lauschte angestrengt auf das, was da im Stall besprochen wurde.

„Tami darf auf keinen Fall etwas davon erfahren“, hörte sie nun Herrn Klawitter sagen. „Ich kann mich doch auf Sie verlassen?“

„Selbstverständlich, Herr Klawitter. Von mir erfährt sie nichts.“ Das war Frau Kellinghaus. „Es würde ihr nur unnötig das Herz brechen.“

„Deswegen müssen wir auch mit den anderen reden, damit sie sich nicht verplappern. Das wäre gar nicht gut.“

„Nein, das geht natürlich nicht. Da haben Sie recht. Mit Marit habe ich schon gesprochen. Sie weiß Bescheid und hat mir versprochen, kein Sterbenswörtchen darüber zu sagen, dass Thunderstorm verkauft worden ist.“

Tamis Herz schlug ihr plötzlich bis zum Hals. In ihren Augen sammelten sich Tränen, die kurz darauf heiß an ihren Wangen herunterliefen. Sie hatte genug gehört. Hals über Kopf stürzte sie über den Hof, wobei sie die Hälfte der Leckerlis verlor. Doch das war ihr egal.

Tränenüberströmt stolperte Tami zur Koppel und schlang ihre Arme um den Hals von Thunderstorm. Sie schluchzte bitterlich in die Mähne der Stute. Ihr Pflegepferd, ihr Liebling, hatte einen neuen Besitzer! Und alle wussten Bescheid und hielten es vor ihr geheim. Nein, das konnte einfach nicht wahr sein!

Natürlich war ihr klar, dass Pferde verkauft wurden. Gerade junge Pferde. Doch Tami hatte nicht damit gerechnet, dass das ausgerechnet bei Thunderstorm passieren würde. In ihren Träumen hatte sie darauf gehofft, eines Tages selbst die stolze Besitzerin der kleinen Stute zu sein. Doch nun war es zu spät. Diese Träume waren mit einem Mal zerplatzt. Für immer. Bald würde Thunderstorm nicht mehr hier sein. Tami war verzweifelt. Was sollte sie jetzt tun?

Tami ist ratlos

Irgendwann hatte Tami sich ausgeweint. Es dämmerte bereits und wahrscheinlich müsste sie längst zum Abendbrot zu Hause sein. Aber das war ihr egal. Außerdem: Wie sollte sie nach dieser Horror-Nachricht jemals wieder etwas essen können? Ihr Magen fühlte sich wie zugeschnürt an und in ihrer Kehle steckte ein Kloß, der die Größe eines Tennisballs hatte.

Tami musste unbedingt mit jemandem darüber reden. Mit jemandem, der nichts von Thunderstorms Verkauf gewusst hatte. Mit jemandem, der ihr nichts verschwiegen oder sie getäuscht hatte. Marit schied natürlich aus. Und auch ihren anderen Reiterfreunden konnte Tami sich nicht anvertrauen. Vermutlich wussten sie alle längst Bescheid und hatten ihr aus falschem Mitleid nichts gesagt. War etwa auch Lisa eingeweiht?

Tami musste sie unbedingt danach fragen. Und das am besten gleich. Ihre Cousine war eine miserable Lügnerin, das wusste Tami. Deswegen würde es nicht schwer werden, die Wahrheit aus ihr herauszubekommen.

Tami band sich ihre Haare entschlossen zu einem Zopf zusammen, verabschiedete sich von Thunderstorm und verließ hastig die Koppel. Sie machte sich auf den Weg zu ihrem Fahrrad, das sie im Geräteschuppen des Reitstalls untergestellt hatte. Rückwärts schob sie es auf den Hof.

„Hi, Tami. Was habe ich da gehört? Du und Henry, ihr seid heute ausgeritten?“, erklang es plötzlich hinter ihr.

Tami fuhr erschrocken herum.

Marit stand vor ihr und lächelte sie so unschuldig an, als würde sie nichts von Thunderstorms Verkauf wissen.

Enttäuscht presste Tami die Lippen zusammen und nickte bloß. Nach einer lockeren Unterhaltung mit Marit stand ihr überhaupt nicht der Sinn.

„Und? War es schön?“, erkundigte sich Marit, der Tamis schlechte Stimmung entweder nicht auffiel oder nicht auffallen wollte.

„Hm“, machte Tami und wollte sich an ihr vorbeischieben.

„Was ist denn mit dir los? Du machst ja ein Gesicht, als hätten dir deine Eltern das Reiten verboten“, wunderte sich Marit.

„Du willst wissen, was los ist?“, brach es mit einem Mal aus Tami heraus.

Marit verschränkte die Arme vor der Brust. „Allerdings.“

„Das weißt du doch. Sogar ganz genau. Du wusstest es schon lange, bevor ich es erfahren habe.“ In Tamis Augen bildeten sich wieder Tränen, die sie aber mühsam hinunterschluckte. Vor Marit wollte sie es vermeiden, in dieser Situation zu weinen.

„Ich verstehe immer noch nicht, wovon du eigentlich redest.“

„Von Thunderstorm natürlich!“

Marit schaute zur Seite. „Was ist denn mit Thunderstorm?“

Marits gespielte Ahnungslosigkeit brachte Tami auf die Palme. Jetzt rannen ihr doch die Tränen wie Sturzbäche die Wangen hinunter. „Verkauft ist sie. *Das* ist mit Thunderstorm! Willst du mir etwa erzählen, du hättest davon nichts gewusst?“

Marit riss vor Schreck die Augen auf. „Von wem weißt du das?“

„Ist doch egal“, schluchzte Tami. „Dann gibst

du also zu, dass du darüber Bescheid wusstest. Und du hast mir nichts gesagt …"

„Ich –"

„Ist das vielleicht auch der Grund, warum wir uns nicht mehr zu zweit treffen? Und warum du nur noch im Doppelpack mit Henry auftauchst?", fragte Tami.

„Nein!", rief Marit, der man das schlechte Gewissen nun förmlich ansehen konnte. „Wirklich nicht! Das musst du mir glauben! Henry hat damit nichts zu tun."

„Aber gewusst hast du es schon, das mit Thunderstorms Verkauf."

Marit schaute betreten zu Boden. „Ja", antwortete sie leise.

Tami schüttelte den Kopf und wischte sich dann mit einer Hand die Tränen aus dem Gesicht. „Aber warum, Marit? Wieso hast du mir denn nichts gesagt? Ich dachte, wir wären Freundinnen …" Tami blickte sie fassungslos an. „*Beste* Freundinnen", setzte sie nach.

„Sind wir doch auch", sagte Marit hastig und kickte mit ihrer Fußspitze einen Stein zur Seite.

„Wenn wir das wirklich wären, dann hättest du sofort mit mir gesprochen, nachdem du es erfahren hast", erwiderte Tami. „Du hättest es mir nicht verschwiegen."

„Ich … ich …“, druckste Marit herum, wusste aber nicht, was sie zu ihrer Verteidigung sagen sollte.

„Ja?“

„Ich musste meiner Mutter versprechen, dir nichts zu sagen“, sagte Marit schließlich, was die Sache aber nicht wirklich besser machte.

„Na toll! Wahrscheinlich weißt du sogar, wer Thunderstorm gekauft hat und wo ihr neues Zuhause ist.“

„Das … das weiß ich nicht. Wirklich …“, stotterte Marit und bekam einen hochroten Kopf. Das war immer so, wenn sie log.

„Das glaube ich dir nicht, Marit. Aber ich finde es auch ohne deine Hilfe heraus. Darauf kannst du Gift nehmen!“ Tami schwang sich auf den Fahrradsattel und fuhr, ohne ihre Freundin eines weiteren Blickes zu würdigen, in einem Affenzahn vom Hof.

Zu Hause stürmte sie die Treppe nach oben, um Lisa gleich zu befragen, ob sie über Thunderstorms Verkauf Bescheid gewusst hatte. Aber ihr gemeinsames Zimmer war leer. In der Küche traf sie auf ihre Oma und fragte sie nach dem Verbleib ihrer Cousine.

„Lisa ist für Frau Peters von nebenan einkaufen gegangen. Die Arme ist doch seit ihrer letzten

Operation noch nicht wieder gut auf den Beinen und deswegen hat Lisa ihre Hilfe angeboten“, erklärte Oma ihr. „Aber in einer halben Stunde ist sie bestimmt wieder da. Dann macht der Supermarkt ja eh zu.“

„Hm“, brummte Tami, die keine halbe Stunde warten wollte, sondern jetzt mit jemandem über Thunderstorms Verkauf reden wollte.

„Soll ich dir etwas zum Abendbrot machen?“, bot Oma an. „Du hast doch bestimmt Hunger.“

„Nein, danke. Mir ist gerade eingefallen, dass ich mein Mathebuch bei Marlon vergessen habe. Ich muss noch mal schnell los“, schwindelte Tami. „Lisa sehe ich dann später.“ Bevor ihre Oma etwas entgegnen konnte, war Tami durch die Haustür verschwunden. Sie schwang sich auf ihr Rad und fuhr zum Fährhaus Sturm, wo Marlon mit seinen Eltern lebte und das außerdem ein Hotel war. Tami musste unbedingt mit einem aufrichtigen Menschen sprechen, bei dem sie sich ihren Kummer in aller Ruhe von der Seele reden konnte.

Als sie das Fährhaus erreichte, flackerten die ersten Straßenlaternen auf. Aus der Garage neben dem Hotel drang ein Lichtschein nach draußen. Tami konnte leise Rockmusik und ein gleichmäßiges Schleifgeräusch vernehmen. Ein sicheres

Zeichen dafür, dass ihr Freund noch an seinen Surfbrettern werkelte.

Marlon stand über ein Board gebeugt, das auf einem langen Tisch lag. Er wandte Tami den Rücken zu und bemerkte ihr Kommen nicht, so vertieft war er in seine Arbeit. Tami klopfte mit einem Fingerknöchel gegen die Garagentür.

„Hallo“, sagte sie leise.

Marlon drehte sich herum. „Hey“, erwiderte er erstaunt und zog dann seine Augenbrauen hoch. „Womit habe ich denn so netten Besuch am Abend verdient?“, fragte er und lächelte sie an.

Tami ging auf ihn zu und umarmte ihn wortlos.

„Was ist denn mit dir los?“, fragte er besorgt. „Du weinst ja.“

„Thunderstorm“, brachte sie heraus, bevor ihre Stimme brach.

„Am besten setzt du dich erst einmal und ich mache dir eine Tasse Tee. Dann kannst du mir in Ruhe erzählen, was eigentlich passiert ist. Hier.“ Marlon hielt Tami ein Taschentuch hin.

Tami nickte, tupfte sich die Tränen ab und nahm dann auf einem alten, gepolsterten Schreibtischstuhl Platz. Marlon brachte Wasser mit einem Kocher zum Sprudeln und kehrte wenig später mit zwei Tassen Tee zu Tami zurück.

Seine Freundin berichtete ihm nun, wie sie das

Gespräch zwischen Frau Kellinghaus und Herrn Klawitter mit angehört und Marit zur Rede gestellt hatte. Und dass ihre Freundin zugegeben hatte, von Thunderstorms Verkauf gewusst zu haben.

„Donnerwetter! Das hätte ich Marit aber wirklich nicht zugetraut“, sagte Marlon, nachdem Tami fertig war. „Sieht ihr irgendwie gar nicht ähnlich, so was vor dir zu verheimlichen.“

„Und was hast du jetzt vor?“, fragte Marlon sie nach einer Weile.

„Wie? Was soll ich denn vorhaben?“

„Na ja, willst du Thunderstorm kampflos gehen lassen?“

Tami zuckte die Schultern. „Was kann ich schon tun? Die Kleine ist verkauft. Und ich habe ja gar kein Geld. Ich brauche also gar nicht daran zu denken, sie dem neuen Besitzer abzukaufen.“

„Vielleicht gibt es ja noch eine andere Möglichkeit, Thunderstorm in Sicherheit zu bringen“, sagte Marlon und grinste dabei schelmisch.

„Soll ich Thunderstorm etwa kidnappen?“ Tami schüttelte den Kopf, weil ihr der Gedanke ziemlich absurd erschien.

„Warum nicht?“

„Das kannst du doch nicht wirklich ernst meinen!“

„Tu ich aber. Und ich wüsste auch, wo wir deine Kleine unterbringen könnten. Mein Onkel hat in der Nähe einen Bauernhof. Er vermietet auch Pferdeboxen. Ich bin mir sicher, dass er für Thunderstorm noch ein Plätzchen frei hat."

„Du bist echt verrückt!"

„Ja, ein bisschen schon", gab Marlon grinsend zu. „Aber immerhin gewinnen wir so etwas Zeit und vielleicht fällt uns dann doch noch eine Lösung ein, damit Thunderstorm im Nordlicht bleiben kann."

„Auweia! Wenn das rauskommt ...", meinte Tami mit sorgenvoller Stimme.

„Das kommt schon nicht raus", meinte Marlon optimistisch. „Und es ist ja auch nicht für lange. Nur bis uns etwas Besseres einfällt."

Doch Tami wusste sich auch keinen besseren Rat und so heckte sie mit Marlon einen Rettungsplan aus.

Stürmische Tage

Lisa hatte Tami versichert, dass sie erst gestern von Thunderstorms Verkauf erfahren hatte und dass sie gleich am Abend mit ihr hatte reden wollen.

Trotzdem wollte sich Tami am nächsten Morgen nicht wie sonst mit ihren Freundinnen im Stall treffen.

„Komm doch mit zu unserem Treffen“, versuchte ihre Cousine, sie umzustimmen.

„Nein. Ich möchte aber nicht“, antwortete Tami und marschierte geradewegs zur Schule statt zum Reiterhof. Wenigstens war sie so pünktlich.

Als Marit sich wenig später im Klassenraum neben sie setzte, schaute Tami einfach nach vorne, als wäre ihre Freundin gar nicht vorhanden. Für Tami war Marit Luft. Sie sollte ruhig ein schlechtes Gewissen haben, nachdem sie Tami so hintergangen hatte. Mit Anneke, Zoe und Jessy redete Tami ebenfalls nicht und gesellte sich in den großen Pausen lieber zu Marlon, um mit ihm über ihren gemeinsamen Plan zu sprechen.

„Mein Onkel hat übrigens eine Box frei. Ich habe gestern Abend noch mit ihm telefoniert."

„Prima! Aber hat sich dein Onkel denn kein bisschen gewundert, dass du ein Pferd bei ihm unterstellen möchtest?"

„Nee, überhaupt nicht", antwortete Marlon und winkte ab. „Ich habe ihm gesagt, dass es ein Notfall ist. Das hat ihm ausgereicht und er hat mir sofort die Box zugesagt."

„Dann ist ja gut. Am besten bringen wir Thunderstorm zu deinem Onkel, wenn sie draußen auf der Weide steht. Dann kriegt niemand etwas von unserem Kidnapping mit", sagte Tami leise.

„Du meinst wohl eher Horsenapping", scherzte Marlon. „Glaubst du, sie ist so zutraulich, dass wir mit ihr bis zum Hof meines Onkels laufen können?"

„Wo liegt der noch mal?"

„Am Nordstrand. In der Nähe vom Leuchtturm."

„Das dürfte kein Problem sein. Ich habe mit Thunderstorm geübt, am Führstrick zu gehen, und diesen Weg sind wir auch schon mal entlangspaziert“, erklärte Tami.

„Perfekt. Wann starten wir unser Kidnapping?“, fragte Marlon.

Tami legte den Zeigefinger an ihre Lippen. „Psst! Nicht so laut. Es muss doch nicht jeder gleich mitkriegen, dass wir eine Pferdeentführung planen.“

„Okay“, flüsterte Marlon. „Also, wann geht’s los?“

Tami überlegte kurz. „Das Wetter ist schön. Dann kommen die Jungpferde vermutlich im Laufe des Vormittags auf die Weide. Dort bleiben sie dann bis zum frühen Abend.“

„Okay, dann gegen Abend?“

„Nein. Das ist zu riskant. Am besten ist die Zeit zwischen Unterrichtsende und Reitstunde. Da ist an der Weide am wenigsten los. Rein theoretisch wäre ich dann zu Hause beim Mittagessen und ich wäre pünktlich zum Reiten wieder zurück.“

Die Pausenglocke klingelte und die meisten Schüler gingen zurück ins Schulgebäude.

„Ah, verstehe. Dann treffen wir uns nach der sechsten Stunde an der Weide?“

„Ist gut“, sagte Tami. „Ich hole dann nur schnell noch Halfter und Führstrick aus meinem Spind.“

Die beiden machten sich nun ebenfalls auf den Weg zu ihren Klassenzimmern.

Marlon zwinkerte Tami zum Abschied zu. „Bis später", raunte er verschwörerisch.

„Bis nachher", sagte sie und winkte ihm nach.

Was hatte Tami doch für ein Glück, dass Marlon sie so unterstützte. Zugegeben, die Idee, Thunderstorm zu kidnappen, war vollkommen verrückt, aber etwas Besseres war Tami auf die Schnelle auch nicht eingefallen.

Nach dem Unterricht wartete Marlon schon am Gatter der Weide auf Tami. Die Jungpferde tollten hinter ihm über die Wiese.

„Alles klar bei dir?", fragte er seine Freundin.

„Ja. Aber ich habe ein mulmiges Gefühl in der Magengegend." Tatsächlich hatte Tami sich kaum auf den Unterricht konzentrieren können. Ihre Gedanken waren immer wieder abgeschweift. Sie fragte sich, ob es nicht doch falsch war, Thunderstorm zu verstecken. War ihre Aktion vielleicht sogar kriminell, so etwas Ähnliches wie Diebstahl? Würden sie am Ende bestraft werden, wenn es rauskam, dass sie hinter dem Verschwinden der Stute steckten?

„Keine Sorge. Thunderstorm passiert ja nichts. Bei meinem Onkel wird es ihr an nichts fehlen.

Und wenn der Ärger zu groß wird, können wir immer noch verraten, wo sie ist“, beruhigte Marlon Tami.

Die beiden blickten sich um. Auf dem Hof und auf dem Deich war keine Menschenseele zu sehen.

„Okay, die Luft ist rein. Ich stehe Schmiere“, sagte Marlon.

Tami kletterte über den Zaun und kehrte wenig später mit der Stute zurück. Thunderstorm trug nun ein Halfter und ging brav neben Tami am Führstrick. Marlon hielt ihr das Gatter auf, damit sie das Jungpferd auf den Deich führen konnte. Dann schloss er es wieder und sie liefen nordwärts, wo ein sicheres Plätzchen auf das Pferd wartete.

Die Pferdeentführung klappte reibungslos. Thunderstorm ließ sich ohne Zwischenfälle bis zum Bauernhof von Marlons Onkel führen. Die Stute hatte sogar richtig Spaß an dem Spaziergang. Die geräumige Box und die Nachbarschaft zu einem alten Friesen-Wallach schienen ihr ebenfalls zu gefallen. Fürs Erste war sie nun in Sicherheit. Doch was würde es für eine Aufregung geben, wenn ihr Verschwinden bemerkt wurde.

Tami war rechtzeitig zur Reitstunde wieder zurück auf dem Internatsgelände. Heute stand freies Training auf dem Plan, was bedeutete, dass die Reitschüler sowohl Dressuraufgaben üben als auch ihre Springkünste trainieren konnten. Die meisten Reitschüler hatten sich für das Springtraining auf dem Außenreitplatz entschieden, das von Frau Kellinghaus beaufsichtigt wurde. Tami beschloss, mit Filou an einigen kniffeligen Dressurfiguren zu arbeiten. Außer ihr waren auch Nils und Troubadour in der Reithalle. Die Luft war durch die hohen Temperaturen, die schon seit mehr als zwei Wochen in Tidelund herrschten, ziemlich stickig.

„Über ein Gewitter wäre ich gar nicht traurig“, rief Nils Tami zu, während er mit Troubadour durch die Bahn wechselte.

„Da musst du wohl noch etwas warten. Am Himmel ist nicht eine Wolke zu sehen und im Wetterbericht wurden doch auch keine Gewitter angesagt, oder?“ Mit Nils sprach Tami weiterhin. Er schien nicht in die Verschwörung um Thunderstorms Verkauf eingeweiht worden zu sein.

„Aber hoffen werde ich ja noch dürfen“, sagte er und lachte.

„Na klar! Hoffen darf man immer.“

Sie ritten eine Weile schweigend vor sich hin, bis Nils auf dem zweiten Hufschlag Troubadour in den Schritt parierte. „Verträgst du dich eigentlich wieder mit Marit?“, fragte er Tami ohne Umschweife.

„Hat sie dir davon erzählt?“

„Sie hat gesagt, dass ihr gerade eine kleine Meinungsverschiedenheit habt und deswegen nicht viel miteinander redet.“

„Aha. Kennst du denn auch den Grund für die sogenannte kleine Meinungsverschiedenheit?“, wollte Tami wissen.

„Marit sagte, Thunderstorm wäre verkauft worden und sie musste ihrer Mutter versprechen, dir davon nichts zu sagen. Ganz schön verzwickt“, fand Nils.

„Was ist denn daran verzwickt? Wäre Peppino verkauft worden, hätte ich keinen Moment lang gezögert und Marit sofort Bescheid gesagt. Egal was ich meiner Mutter versprochen hätte. So was macht eine beste Freundin doch aus. Ich hätte das niemals auch nur eine Sekunde vor ihr geheim halten können. Niemals!“, erklärte Tami entschieden. „Hat Marit dir vielleicht verraten, an wen Thunderstorm verkauft wurde? Das konnte ich nämlich bislang nicht herausfinden.“

Nils schüttelte den Kopf. „Leider nein. Scheint ein kleines Geheimnis zu sein.“

Möglicherweise stimmte es ja wirklich, dass

Marit den Käufer nicht kannte. Doch was änderte das? Sie hatte Tami den Verkauf ihres Pflegepferdes verschwiegen und das war einfach unverzeihlich.

„Ist Thunderstorm eigentlich schon von ihrem neuen Besitzer abgeholt worden?“, wollte Nils wissen.

„Nicht dass ich wüsste“, sagte Tami ausweichend und vermied es, Nils dabei anzusehen. „Warum fragst du?“

„Och, nur so. Als ich vorhin Troubi von der Weide geholt habe, konnte ich Thunderstorm bei den Jungpferden nicht entdecken. Deshalb dachte ich, dass sie vielleicht schon abgeholt wurde. Aber vermutlich hat sie sich bloß hinter einem Baum versteckt.“

„Bestimmt. Hast du eigentlich schon von dem Turnier in Tetenbüll gehört, das demnächst stattfinden soll?“, versuchte Tami, das Thema zu wechseln.

Glücklicherweise ließ Nils sich ablenken. „Ich habe mich schon für das Springen angemeldet. Startest du auch?“

„Mal sehen …“

Als Tami und Nils ihre Pferde aus der Reithalle führten, war die Luft zum Schneiden dick.

„Draußen ist es genauso schwül wie in der Halle. Man merkt gar keinen Unterschied. Mein T-Shirt klebt an mir wie eine zweite Haut“, meinte Nils.

„Wir können uns ja mit den Pferden zusammen unter den Schlauch stellen“, schlug Tami vor. „Troubi und Filou freuen sich bestimmt darüber, wenn wir sie gleich abspritzen.“

„Eigentlich eine gute Idee“, sagte er lachend und deutete nach oben. „Aber schau mal. Da sind erste Wolken am Himmel. Und dazu noch ziemlich dunkle.“

„Oh ja. Das sind definitiv keine Schönwetterwolken. Sieht fast so aus, als würde dein Wunsch nach einem Gewitter doch noch in Erfüllung gehen.“

„Dann sollten wir uns mit dem Abspritzen aber beeilen, bevor der Himmel seine Schleusen öffnet.“

Das taten sie dann auch. Der Himmel zog sich indessen immer weiter zu, und als Tami gerade den Wasserhahn zudrehte, platschten die ersten Tropfen auf den asphaltierten Boden vor den Ställen. Gleichzeitig kam ein Wind auf, der Sand vom Strand mit sich brachte. Die Blätter in den Bäumen rauschten und von weit weg ertönte ein leises Grollen.

„Nun aber schnell mit den Pferden in den Stall.

Es sieht so aus, als würde gleich ordentlich etwas runterkommen", meinte Tami.

Wie zu ihrer Bestätigung grollte es noch einmal. Dieses Mal allerdings wesentlich lauter und viel näher als zuvor.

„Marits Brüder laufen auch schon zur Weide, um die Pferde reinzuholen", sagte Nils. „Scheint richtig ungemütlich zu werden."

Als Tami zu dem alten Gutshaus schaute, konnte sie gerade noch sehen, wie der älteste Sohn von Familie Kellinghaus im Laufschritt auf den Pfad einbog, der zu den Pferdekoppeln führte. Sie musste unweigerlich schlucken. Thunderstorms Abwesenheit würde in Kürze bemerkt werden.

Wenige Minuten später ergoss sich bereits ein ergiebiger Regen über den Hof. Die anderen Reitschüler hatten ihre Pferde ebenfalls in die sicheren Ställe gebracht und warteten dort auf eine Wetterbesserung.

Tami und Nils beobachteten durch ein Fenster, wie sich draußen immer größere Pfützen bildeten und Blitze über den Himmel zuckten. Die Regenrinnen konnten die plötzlichen Wassermassen nicht fassen und liefen über. Marits Brüder und Herr Kellinghaus brachten die ersten Pferde eilig von den Weiden in ihre Boxen.

„Können wir helfen?", bot Nils Hilfe an.

„Nein, nein. Danke. Das schaffen wir schon", antwortete Herr Kellinghaus, der Zafira, Thunderstorms Mutter, in den sicheren Stall verfrachtete. Die Stute blähte die Nüstern und wieherte nervös. „Bleibt ihr mal hier. Das ist sicherer."

„Für Zafira ist jedes Gewitter eine nervliche Zerreißprobe. Sie hasst das Donnern wie die Pest. Wahrscheinlich erinnert sie sich dabei an Thunderstorms Geburt", vermutete Tami und beobachtete, wie der mittlerweile völlig durchnässte Herr Kellinghaus erneut Richtung Weide davoneilte.

„Thunderstorm fehlt noch. Ich hole sie!", rief er einem seiner Söhne zu.

Tami spürte, wie ihr das Herz in die Hose rutschte. Sie schluckte. Nun würde es nicht lange dauern, bis Herrn Kellinghaus Thunderstorms Verschwinden auffiel. Und dann war es bestimmt nur eine Frage der Zeit, bis der Verdacht auf sie fiel. Denn wer sonst hätte ein Interesse daran, dass die Stute verschwand? Würde draußen nicht so ein scheußliches Unwetter toben, wäre Tami einfach mit dem Rad nach Hause gefahren und hätte sich die Bettdecke über den Kopf gezogen. Doch diese Möglichkeit schied wegen des Gewitters aus.

In diesem Moment erhellte ein gleißender Blitz

den Himmel und Sekunden später donnerte es erneut heftig. Tami zog den Kopf ein und fasste sich erschrocken mit beiden Händen an die Brust.

„Junge, Junge! War das heftig! Dabei hatte ich doch bloß auf ein kleines Gewitter gehofft. Es sollte nicht gleich die ganze Welt untergehen“, bemerkte Nils kopfschüttelnd.

Einige Pferde begannen, unruhig mit den Hufen zu scharren, oder traten gegen die Wände ihrer Boxen.

Tami ging zu Filous Box und redete besänftigend auf ihn ein. Gleichzeitig versuchte sie sich selbst zu beruhigen. Das Donnerwetter, das sie wegen Thunderstorm erwartete, würde vermutlich um einiges stärker ausfallen als das, was sich da draußen abspielte. „Du musst keine Angst haben, Filou. Das ist nur ein dummes Gewitter“, sagte sie zu dem aufgebrachten Pferd.

„Wo Herr Kellinghaus nur bleibt? Er müsste mit Thunderstorm doch längst wieder da sein.“ Nils beugte sich weiter vor, um durch den dichten Regen Richtung Weide schauen zu können.

„Er wird bestimmt gleich da sein.“

„Hoffentlich ist nichts passiert.“

Nachdem Filou sich beruhigt hatte, kehrte Tami zu Nils zurück und schaute mit ihm zusammen aus dem Fenster. „Glaube ich nicht.“

Sicherlich suchte Marits Vater gerade verzweifelt nach Thunderstorm und irrte dabei klatschnass über die Koppel. Tamis schlechtes Gewissen wuchs weiter an. Der arme Herr Kellinghaus war bei diesem schlechten Wetter auf der Suche nach einem Pferd, das sicher in einer trockenen Box stand. Tami überlegte, ob sie nicht trotz des Unwetters zur Weide laufen und Marits Vater alles beichten sollte. Immerhin war das besser, als wenn jemand wegen ihrer Entführungs-Aktion zu Schaden kam. Doch bevor sie ihren Entschluss in die Tat umsetzen konnte, kam Herr Kellinghaus auf das gegenüberliegende Stallgebäude zu, wo ihn seine Söhne bereits ungeduldig erwarteten.

„Nanu? Er ist ja ohne Thunderstorm wiedergekommen. Was hat das wohl zu bedeuten?“, wunderte sich Nils.

In diesem Moment überquerte Herr Kellinghaus geduckt den Hof. Er kam zu ihnen.

„Kinder!“, rief er. „Thunderstorm ist weg!“

Tamis Kehle war mit einem Mal staubtrocken. Nun war der Moment gekommen, gleich würde sie auffliegen. Gleich würde Herr Kellinghaus ihr auf den Kopf zusagen, dass sie für das Verschwinden der Stute verantwortlich war. In Windeseile entschied Tami sich dafür, alles zuzugeben und ihren Fehler einzugestehen. Allerdings wollte sie mit keinem Sterbenswörtchen erwähnen, dass Marlon ihr bei der Pferdeentführung geholfen hatte.

Herr Kellinghaus kam direkt auf Tami zu und fasste sie an den Schultern. Tami versteifte sich unwillkürlich und blickte Marits Vater erschrocken an.

„Tut mir leid, Tami. Ich wollte dich nicht erschrecken.“ Er blickte sie sorgenvoll an. „Möchtest du dich vielleicht hinsetzen? Du bist ja kalkweiß im Gesicht. Dass Thunderstorm weggelaufen ist, muss sehr schlimm für dich sein.“

Ihm schien überhaupt nicht in den Sinn zu kommen, dass Tami etwas mit Thunderstorms Verschwinden zu tun haben könnte. Nein, stattdessen sorgte sich Herr Kellinghaus um sie.

„Das muss wirklich furchtbar für dich sein. Aber Kopf hoch, wir werden sie finden. Das verspreche ich dir“, machte er ihr Mut. „Es ist nicht das erste Mal, dass ein Pferd von der Weide ausbüxt. Aber wir müssen mit der Suche abwarten, bis sich das Wetter etwas beruhigt hat.“

„Sie glauben, Thunderstorm ist weggelaufen?“, fragte Tami ihn.

„Ja, natürlich. Was sollte sonst mit ihr passiert sein?“

„Also, ich habe sie heute vor dem Reittraining schon nicht mehr auf der Weide gesehen“, schaltete sich nun Nils ein.

„Ach? Dann ist sie also schon vor dem Unwetter von der Koppel getürmt?“ Herr Kellinghaus fuhr sich mit einer Hand durch seinen Bart. „Ganz schön gerissen, die Kleine.“ Er klopfte Tami noch einmal aufmunternd auf die Schulter. „Aber keine Sorge, wir finden sie schon wieder. So ein Pferd kann sich schließlich nicht in Luft auflösen.“

„Und wir helfen natürlich bei der Suche“, sagte Nils. „Oder, Tami?“

„Ja, ähm ... sicher“, stimmte sie zögerlich zu und musste sich erst einmal auf einen Strohballen setzen, um die Ereignisse der letzten Minuten zu verarbeiten.

Die Pferdeflüsterin bewährt sich

Kurz nachdem sich das Gewitter gelegt hatte, zogen sie los, um Thunderstorm zu suchen. Tami fühlte sich schrecklich dabei, traute sich aber immer noch nicht, die Wahrheit zu sagen. Zu groß war ihre Angst, Herrn und Frau Kellinghaus zu enttäuschen. Und so lief sie nun mit Bauchgrimmen auf dem Deich entlang und tat so, als suchte sie die Gegend nach Thunderstorm ab.

Auf der Höhe des alten Leuchtturms blieb Nils, mit dem Tami einen der kleinen Suchtrupps bildete, stehen und legte die Stirn in Falten. „Weit und breit nichts von Thunderstorm zu sehen. Glaubst du, sie ist vielleicht zum Strand gelaufen?"

„Du meinst, wie Zafira damals?"

„Ja, genau. Die musstet ihr doch aus dem Watt retten, oder?"

„Hm, ja. Aber ich glaube ehrlich gesagt nicht, dass Thunderstorm zum Meer gelaufen ist."

„Warum nicht?"

„Glaube ich einfach nicht", sagte Tami ausweichend.

„Möglicherweise vererbt sich so was ja bei Pferden", sagte Nils scherzhaft.

Aber Tami hörte ihm gar nicht mehr zu. Ein Geräusch hatte ihre volle Aufmerksamkeit auf sich gezogen. Und dieses Geräusch wurde immer lauter, je näher es kam. „Psst! Sei mal leise", sagte sie zu Nils und horchte angestrengt. Kein Zweifel, sie hatte sich nicht verhört.

„Das sind Hufgeräusche", meinte Nils. „Dann haben wir Thunderstorm wahrscheinlich doch gefunden. Oder besser gesagt: Sie hat uns gefunden." Erwartungsvoll schaute er in die Richtung, aus der das Hufgetrappel kam.

Einige Augenblicke darauf konnten sie schließlich das Pferd sehen, das sich ihnen im flotten Trab näherte. Aber es war überhaupt nicht Thunderstorm.

Tami traute ihren Augen nicht. „Peppino?"

„Was hat das zu bedeuten?", wunderte sich Nils.

„Ich habe wirklich keine Ahnung."

Das Pony blieb schnaubend vor ihnen stehen,

als wäre es froh, endlich jemanden zu treffen, den es kannte.

„Was machst du denn hier, Peppino?“ Nils streichelte dem Tier über den Nasenrücken.

„Das verstehe ich nicht. Peppino alleine auf dem Deich, gesattelt und getrenst … Wo ist nur Marit?“, fragte Tami verwirrt.

„Hat sie Peppino denn vorhin, als es so gewittert hat, nicht in seine Box gebracht?“

„Gute Frage“, sagte Tami grüblerisch.

„Hast du sie denn nicht gesehen?“

„Nein, habe ich nicht. Jedenfalls kann ich mich nicht daran erinnern. Du etwa, Nils?“

Der Junge schüttelte den Kopf und überlegte angestrengt. „Ich habe Anneke gesehen, außerdem Zoe, Jessy und Lisa. Aber Marit ist mir nach der Reitstunde nicht mehr über den Weg gelaufen.“

„Und Henry?“, fragte Tami.

„Nein. Henry auch nicht.“

„Weißt du, was das bedeutet?“

„Nicht wirklich.“

„Marit und Henry sind gar nicht zurückgekommen. Sie waren vermutlich unterwegs, als das Unwetter plötzlich losging. Und jetzt treffen wir Peppino alleine hier …“ Tamis Stimme überschlug sich fast.

„Du meinst, ihnen ist etwas zugestoßen? Was machen wir denn jetzt?“

„Moment.“ Tami zog ihr Handy aus der Tasche und hielt es sich ans Ohr. „Mist. Marits Handy ist aus. Wahrscheinlich hat sie es gar nicht dabei. Und Henrys Handynummer habe ich nicht. Du vielleicht?“

„Leider nicht. Habe ich bis jetzt nicht gebraucht.“

„Hm“, brummte Tami.

„Und nun?“

„Wir müssen den anderen sofort Bescheid sagen und dann nach den beiden suchen. Ist doch klar!“

„Okay, bin schon unterwegs.“ Nils rannte durch die Dünen zum Strand, um Herrn Kellinghaus und den anderen Suchtrupps zu berichten, dass sie zwar nicht Thunderstorm, dafür aber Peppino gefunden hatten.

„Alles gut, mein Dicker. Was ist nur mit Marit passiert? Bist du gekommen, um Hilfe zu holen?“ Tami kraulte Peppino hinter einem Ohr. Das hatte er besonders gerne. „Ein ganz schlaues Pony bist du“, lobte sie ihn. Tami machte sich schreckliche Sorgen um ihre Freundin. Die Wut und Enttäuschung über Marits Geheimniskrämerei waren mit einem Mal wie weggeblasen. Sobald sie ihre Freundin fanden, würde sie sich sofort wieder mit ihr vertragen, nahm sich Tami vor.

„Alles klar, Tami. Ich habe ihnen Bescheid gesagt. Herr Kellinghaus hat die Strandaufsicht verständigt. Sie helfen bei der Suche mit."

„Okay, dann legen wir mal los", sagte Tami und wandte sich dem Pony ihrer Freundin zu. „Peppino, wo ist Marit?", flüsterte Tami ihm leise ins Ohr. „Bring mich zu Marit. Wo sind Marit und Henry? Zeig uns den Weg." Sie ließ Peppinos Zügel los.

„Was machst du denn da?", fragte Nils verdutzt.

„Du wirst schon sehen."

Das Pony setzte sich sofort in Bewegung, so als hätte es Tamis Worte verstanden. Es lief den Deich entlang, genau in die Richtung, aus der es zuvor gekommen war. Tami eilte ihm hinterher.

„Wohin läuft Peppino denn? Hat er dich verstanden?"

„Komm einfach mit", rief Tami Nils zu. „Er bringt uns zu Marit und Henry."

Kopfschüttelnd schaute Nils den beiden nach. Er wusste zwar, dass Pferde schlau waren und stets den Weg nach Hause zurückfanden, aber er konnte sich beim besten Willen nicht vorstellen, von Peppino zu Marit und Henry geführt zu werden. Pferde waren doch keine Spürhunde. Trotzdem folgte er Tami und dem Pony. Einen besseren Vorschlag hatte er nämlich auch nicht.

Tami und Nils hatten Mühe, mit Peppino Schritt zu halten. Er schien es sehr eilig zu haben. Als sie an der Seebrücke ankamen, waren Tami und Nils völlig außer Atem. Aber Peppino gönnte ihnen keine Verschnaufpause. Er trappelte über den großen Platz, an der Musikmuschel und dem Spaßbad vorbei, um dann querfeldein zum Kiefernwald zu laufen.

„Meinst du, sie sind da im Wald?“, ächzte Nils.

„Kann schon sein. Jedenfalls können sie dort lange auf Hilfe warten, falls sie einen Unfall gehabt haben. Bei dem Wetter geht dort doch niemand spazieren. Ist viel zu gefährlich. In den Bäumen hängen durch den Sturm bestimmt eine Menge abgeknickte Äste.“

Ehe sie sichs versahen, war das Pony schon im Kiefernwald verschwunden. Dank des nassen Bodens konnten sie anhand der Hufabdrücke erkennen, welchen Weg Peppino eingeschlagen hatte.

Tami entdeckte die Gesuchten zuerst. Unter einem Baum kauerte Henry neben Marit, die mit schmerzverzerrtem Gesicht am Stamm lehnte. Neben ihnen graste Sun Dancer am Wegesrand, als hätte er mit alldem nichts zu tun. Peppino gesellte sich zu ihm, um sich mit ein paar Grashalmen zu stärken.

„Wir haben sie gefunden! Das Pony hat dich tatsächlich verstanden! Du bist eine richtige Pferdeflüsterin!“ Nils war vollkommen verblüfft.

„Peppino?“, sagte Henry verwundert, als er Marits Pony entdeckte. Dann bemerkte er Nils und Tami. „Gott sei Dank. Ihr habt uns gefunden. Ich hatte schon befürchtet, wir müssen hier die Nacht verbringen.“

„Tami?“, fragte Marit überrascht.

„Ja, ich bin hier. Was ist denn bloß passiert?“

„Ach, dieses blöde Gewitter …“, jammerte Marit und zeigte auf ihr Bein. „Peppino hat sich vor einem herabfallenden Ast erschrocken und ist gestiegen. Und ich bin dann wie ein nasser Mehlsack heruntergefallen. Ich glaube, mein Bein ist gebrochen.“

„Oje!“ Tami kniete sich neben ihre Freundin und begutachtete ihr verdrehtes Bein. Es sah wahrlich nicht gut aus.

„Aber warum habt ihr denn nicht mit dem Handy Hilfe gerufen?“, wollte Nils wissen.

Henry zeigte auf das Display seines Mobiltelefons. „Hier gibt es keinen Empfang und ich wollte Marit nicht alleine lassen.“

„Dann werden wir jetzt ins Dorf laufen und Hilfe holen", sagte Nils.

„Es tut mir so leid, Tami", schluchzte Marit. „Du musst mir glauben, ich wollte nicht, dass alles so kommt. Aber meine Mutter hat darauf bestanden, dass wir dir wegen Thunderstorm nichts sagen. Und es tut mir auch so leid, dass ich dich vernachlässigt habe. Ich habe mich so gut mit Henry verstanden, dass ich kaum noch Zeit für dich hatte. Aber ich dachte, du verstehst das, weil es dir mit Marlon am Anfang genauso ging ..."

„Ist schon gut", versuchte Tami, ihre Freundin zu beruhigen. „Das ist alles nicht so wichtig. Viel wichtiger ist jetzt, dass du zu einem Arzt kommst."

„Von Thunderstorm fehlt übrigens auch jede Spur", sagte Nils. „Eigentlich haben wir nach der Stute gesucht, als uns plötzlich Peppino auf dem Deich entgegenkam."

„Sie ist weg?", fragte Marit entgeistert. „Wieso? Und seit wann?"

„Wahrscheinlich von der Weide ausgebüxt", erklärte Nils.

Marit schaute Tami fragend an, fast so, als könnte sie ihre Gedanken lesen.

Tami schaute zur Seite. „Wir sollten jetzt wirklich langsam Hilfe holen."

Eine gute halbe Stunde später kehrten Tami und Nils zusammen mit Herrn Kellinghaus in den Wald zurück. Kurz vor ihnen war der Krankenwagen eingetroffen.

„Eindeutig gebrochen“, sagte der Notarzt, nachdem er Marits Bein untersucht hatte. Mit einer Trage wurde sie in den Krankenwagen verfrachtet. Herr Kellinghaus begleitete seine Tochter ins Krankenhaus.

Tami nahm Peppino am Zügel und Henry saß auf Sun Dancer auf. Dann sahen sie zu, wie der Krankenwagen den Waldweg entlangfuhr.

„Das wäre erledigt“, resümierte Nils. „Bleibt nur noch die Frage, wo Thunderstorm sich rumtreibt.“

„Die anderen haben sie bestimmt in der Zwischenzeit gefunden. Wahrscheinlich ist sie schon längst wieder im Stall“, vermutete Henry.

Beinahe hätte Tami sich von Henrys Optimismus anstecken lassen. So erleichtert war sie, dass sie Marit gefunden und sie sich versöhnt hatten. Doch natürlich wusste sie, wo Thunderstorm war. Nicht weit von ihnen entfernt auf einem Bauernhof.

Ihr Mobiltelefon vibrierte. Sie hatte eine Nachricht von Marlon erhalten.

Die Aussprache

Marlon hatte Tami geschrieben, weil er nach dem Unwetter zum Stall gefahren war und sie dort gesucht, aber nicht gefunden hatte.

Wo steckst du denn? Hast du vergessen, dass wir nach Thunderstorm sehen wollten? Melde dich doch mal. GLG Marlon

Tami runzelte die Stirn. Die Verabredung mit ihrem Freund hatte sie in der Tat völlig vergessen. Kein Wunder bei all der Aufregung.

„Neue Nachrichten von Marit oder Thunderstorm?“, fragte Henry auf Sun Dancers Rücken.

„Ähm … nein.“ Tami schüttelte den Kopf und hielt das Handy so, dass weder Nils noch Henry einen Blick auf Marlons Nachricht erhaschen konnten. Sonst würden sie womöglich noch herausfinden, dass Thunderstorm gar nicht weggelaufen, sondern von Marlon und Tami entführt worden war. Das konnte sie auf keinen Fall riskieren. „Nur von meiner Mutter. Sie will wissen, wann ich nach Hause komme“, schwindelte Tami und tippte währenddessen eine Antwort an Marlon.

Wir sind auf dem Weg zum Stall. Marit hatte einen Unfall und musste ins Krankenhaus gebracht werden. Bin gleich da und erzähle dir dann alles. GLG Tami

Doch Marlon war nicht der Einzige, der sie beim Reiterhof erwartete. Sobald sie dort eintrafen, wurden die Rückkehrer sogleich von Zoe, Anneke, Jessy und Lisa bestürmt.

„Was ist denn mit Marit? Ihre Familie ist sofort ins Krankenhaus gefahren“, fragte Jessy besorgt.

„Geht es dir denn gut, Henry?“, erkundigte sich Anneke.

„Können wir sie bald besuchen?“, fragte Zoe.

„Wie habt ihr sie überhaupt gefunden?“, wollte Lisa wissen. „Und wo ist eigentlich Thunderstorm?“

Tami und Marlon tauschten einen kurzen Blick aus.

„Peppino hat uns zu Marit und Henry geführt", antwortete Tami und umging so die Frage nach Thunderstorm. „Ich bringe ihn erst einmal in den Stall. Er hat bestimmt Hunger und Durst nach der ganzen Aufregung."

„Peppino ist wirklich ein sehr schlaues Pony. Ich hatte keinen Handyempfang. Ohne ihn würden wir immer noch im Wald sitzen und auf Hilfe hoffen", erklärte Henry und stieg von Sun Dancer. Dann folgte er Tami.

Nils half Tami mit Peppino und brachte das Zaumzeug in die Sattelkammer, während Tami das Pony mit Kraftfutter versorgte.

Lisa schaute ihrer Cousine dabei zu, wie sie Peppinos Hufe auskratzte. „Was hat Marit denn genau?"

Tami sah zu ihr auf und wechselte zum rechten Vorderhuf. „Peppino hat sich vor einem herunterfallenden Ast erschreckt und Marit hat dabei den Halt verloren und ist gestürzt. Der Notarzt meinte, dass ihr Bein gebrochen ist. Mehr weiß ich auch nicht."

„Das Bein war total verdreht", fügte Nils hinzu, der gerade aus der Sattelkammer kam und sich zu den Mädchen gesellte.

„Oje! Das ist ja schlimm", sagte Jessy mitleidig.

Lisa verzog ihr Gesicht, als könnte sie Marits Schmerzen spüren. „Die Arme! Das muss doch irre wehgetan haben. Ob das wohl operiert werden muss?“

„Hoffentlich nicht“, meldete sich nun auch Marlon zu Wort, der die ganze Zeit kein Wort gesagt hatte. „Als ich in der Grundschule war, habe ich mir mein linkes Bein gebrochen. Damals habe ich nur einen Gips bekommen. Es musste nicht operiert werden. Mit ein bisschen Glück kommt Marit eventuell auch um eine OP herum.“

„Wir sollten sie so schnell wie möglich besuchen. Egal ob sie operiert werden muss oder nicht“, meinte Lisa.

„Genau. Schließlich sind wir ihre Freundinnen“, stimmte Jessy ihr zu und sah dann Tami an. „Apropos Freundinnen … Ich möchte mich bei dir entschuldigen. Es war nicht richtig, dir nichts von Thunderstorms Verkauf zu erzählen. Tut mir sehr leid. Bitte nimm meine Entschuldigung an.“ Jessy machte einen Schritt auf Tami zu, die immer noch in Peppinos Box stand, und streckte ihr die Hand entgegen. „Wieder Freundinnen?“, fragte sie hoffnungsvoll und schaute Tami dabei so bittend an, dass diese lächeln musste und Jessys Hand ergriff.

Tami nickte. „Wieder Freundinnen.“

„Und ich weiß, dass es Zoe und Anneke mindestens genauso leidtut wie mir", plapperte Jessy erleichtert drauflos. Womit sie recht behalten sollte.

Als Anneke und Zoe wenig später mit Henry zu ihnen stießen, ging Anneke sofort auf Tami zu. Sie und Zoe entschuldigten sich ebenfalls bei ihrer Freundin und zeigten sich ähnlich zerknirscht wie zuvor Jessy.

„Ich wäre an deiner Stelle auch supersauer auf uns", sagte Zoe. „Keine Ahnung, warum wir uns überhaupt darauf eingelassen haben, es vor dir geheim zu halten. Das ist im Grunde genommen unverzeihlich."

„Ich verspreche hoch und heilig, dass so was nie wieder vorkommen wird. Wir werden ab jetzt immer ehrlich zueinander sein", versprach Anneke und hob feierlich die Hand zum Schwur.

„Schon gut, schon gut." Tami hob abwehrend die Hände, lächelte aber dabei. „Ich glaube euch ja."

„Umso schlimmer, dass Thunderstorm weggelaufen ist", merkte Lisa an.

„Wir haben sie überall gesucht. Auf dem Deich, am Strand und in den Dünen. Einfach überall. Doch nirgends eine Spur von ihr. Nicht eine klitzekleine", sagte Nils. „Selbst als Peppino uns zum Wald geführt hat, habe ich auf dem Weg ständig nach links und rechts geschaut, ob ich Thunderstorm nicht doch irgendwo entdecke. Aber nichts!"

„Ihr Verschwinden ist wirklich sehr rätselhaft", fand auch Henry. „Vielleicht macht sie nur einen ausgiebigen Spaziergang und kommt wieder nach Hause, wenn sie Hunger hat."

„Hoffentlich." Jessy seufzte.

„Ja, hoffentlich", wiederholte Tami leise und blickte zu ihrem Freund, dem auch sichtlich unbehaglich zumute war. Er kaute auf seiner Unterlippe herum, was er immer tat, wenn er sich in einer Situation nicht wohlfühlte. Außerdem strich er sich ständig durch seine Haare, sodass sie bald noch abenteuerlicher zu allen Seiten abstanden als sonst.

„Falls wir Marit heute noch im Krankenhaus besuchen wollen, sollten wir uns langsam auf den Weg machen", merkte Marlon an, um das Thema zu wechseln.

Anneke warf einen prüfenden Blick auf das Display ihres Handys. „Oh ja. Wir müssen uns wirklich beeilen. Es ist gleich schon fünf."

Ein paar Minuten später machten sich die Freunde gemeinsam auf den Weg. Da das Krankenhaus im Nachbarort lag, mussten sie den Bus nehmen, um Marit besuchen zu können. An der Rezeption der Klinik fragten sie eine freundliche Mitarbeiterin, auf welchem Zimmer Marit sich befand.

„Jetzt haben wir gar nicht daran gedacht, ihr etwas mitzubringen“, sagte Anneke, als sie die Tür des Krankenzimmers mit der Nummer 211 erreicht hatten, in dem ihre Freundin lag.

„Das können wir ja beim nächsten Mal tun“, beruhigte Zoe sie. „Wir kaufen dann Marits Lieblingsschokolade.“

„Ich habe unten einen kleinen Laden gesehen“, sagte Marlon. „Dort gibt es bestimmt neben Blumen auch Schokolade.“

„Marlon und ich flitzen eben los und besorgen etwas Süßes für Marit“, schlug Tami vor, was von ihren Freunden einstimmig angenommen wurde. Alle kramten in ihren Taschen nach Münzgeld und legten für ein kleines Geschenk zusammen.

Tami zählte das Geld. „Na, wer sagt es denn. Fast neun Euro. Dafür bekommen wir bestimmt sogar eine kleine Schachtel Pralinen und eine Zeitschrift.“

„Dann los. Wir sind gleich wieder da.“ Marlon griff nach Tamis Hand und zog sie zum Aufzug. Nachdem sie mit dem Fahrstuhl im Erdgeschoss angekommen waren, betraten sie kurze Zeit später den kleinen Geschenkeladen, in dem es außer Blumen, Süßigkeiten und Zeitschriften auch Duschgel, Zahnpasta und andere Toilettenartikel zu kaufen gab. Sie entschieden sich für eine Schachtel Pralinen mit Nugatfüllung und eine Pferdezeitschrift.

Und endlich bot sich eine Gelegenheit für Marlon und Tami, sich ungestört zu unterhalten.

„Du darfst niemandem von Thunderstorm erzählen. Hörst du? Wirklich niemandem“, sagte Marlon eindringlich zu Tami, nachdem sie an der Kasse bezahlt hatten. „Das bringt uns sonst in Teufels Küche und am Ende war unsere Rettungsaktion für die Katz.“

„Du meinst wohl eher für das Pferd“, sagte sie und knuffte ihn aufmunternd in die Seite. „Tu ich ja auch nicht.“

„Ich mein es ernst, weißt du? Vorhin habe ich kurz gedacht, du willst alles verraten.“

„Nein. Keine Sorge. Ich schweige wie ein Grab“, versicherte Tami ihm. Natürlich hatte Marlon nicht ganz unrecht: Am liebsten hätte sie wirklich ihr Geheimnis gelüftet. Als sie die Sorge um Thunderstorm in Lisas Augen gesehen hatte, wäre die Wahrheit fast aus ihr herausgesprudelt. Aber sie musste dichthalten.

Der Fahrstuhl erreichte wieder die zweite Etage. Marlon und Tami liefen den Flur entlang. Vor dem Zimmer 211 blieben sie stehen und klopften.

Kurz darauf wurde die Tür von Frau Kellinghaus geöffnet. „Kommt rein. Marit wartet schon auf euch."

Tami und Marlon betraten das Krankenzimmer, in dem sich neben Marits Bett noch ein weiteres befand, das allerdings leer war. Zoe, Anneke und Jessy hatten es sich darauf bequem gemacht. Herr Kellinghaus stand am Fenster, Lisa hockte auf einem Stuhl neben Marit und Henry und Nils standen am Fuß des Krankenbettes. Marits Brüder waren in der Zwischenzeit wieder zum Hof zurückgefahren, um vor Ort zu sein, falls Thunderstorm auftauchte.

„Wir haben dir etwas mitgebracht", sagte Tami und überreichte Marit die Pralinen und das Pferdemagazin. „Hoffentlich magst du die Sorte. Ist von uns allen."

„Oh, vielen Dank! Das ist so nett von euch." Marit stibitzte sich gleich eine Süßigkeit aus der Pappbox. „Diese Sorte mag ich besonders gerne."

„Und was ist nun mit deinem Bein? Hast du große Schmerzen?", erkundigte sich Tami voller Sorge.

„Obwohl es gebrochen ist, tut es gerade nicht weh. Im Moment spüre ich es kaum." Marit zeigte auf den Gips, der knapp unter dem rechten Knie endete.

„Das tut mir leid", sagte Tami. „Musste es denn operiert werden?"

Marit schüttelte den Kopf. „Gott sei Dank nicht. Gips reicht. Und ich kann auch bald wieder nach Hause."

„Da hast du wenigstens ein bisschen Glück im Unglück gehabt", meinte ihr Vater und sah dabei auf sein Handy.

„Und?", fragte ihn seine Tochter. „Gibt es Neuigkeiten vom Hof?"

„Nein", sagte Herr Kellinghaus enttäuscht. „Immer noch keine Spur von Thunderstorm. So langsam mache ich mir wirklich Sorgen." Er legte seine Stirn in Falten und blickte dann Tami an. „Hast du vielleicht noch irgendeine Idee, wo wir nach deinem Pflegepferd suchen könnten? Gibt es einen bestimmten Ort, wo sie besonders gerne ist?"

Tamis Herz wurde schlagartig zentnerschwer. Erneut fühlte sie sich hin- und hergerissen zwischen Wahrheit und Lüge. Wie gerne wollte sie ihm alles beichten, statt weiterhin unehrlich zu sein. Schon alleine, um ihn von seiner Sorge um das Tier zu befreien.

Marlon griff nach Tamis Hand und drückte sie.

Sofort erinnerte sie sich wieder an das Versprechen, das sie ihm gegeben hatte. „Ich habe wirklich keine Ahnung“, antwortete sie mit belegter Stimme und blickte dabei auf ihre Fußspitzen. Als sie wieder aufschaute, trafen sich ihre und Marits Blicke. Und wieder hatte Tami das unwohle Gefühl, Marit könnte womöglich ihre Gedanken lesen.

„Tja, da kann man nichts machen. Nun denn, ich werde wieder zum Hof zurückfahren und noch mal die Gegend absuchen, ehe es dunkel wird.“ Bevor er ging, versprach Herr Kellinghaus seiner Tochter, sie morgen wieder zu besuchen.

Als wenig später eine Krankenschwester das Zimmer betrat und Marit das Abendessen brachte, verabschiedeten sich auch die Freunde. Nur Frau Kellinghaus blieb noch bei ihrer Tochter.

Tami atmete tief ein und aus, nachdem sie das Krankenhaus verlassen hatte. Sie war froh, Marits wissenden Blick nicht mehr spüren zu müssen.

War alles umsonst?

„Gehen wir zusammen nach Hause? Oder willst du noch bei der Suche nach Thunderstorm helfen?“, wollte Lisa wissen, als sie über den Platz vor dem Krankenhaus liefen.

„Nein. Ich … ich …“, stotterte Tami, die nicht recht wusste, was sie darauf antworten sollte. Sie konnte Lisa ja schlecht erzählen, dass sie mit Marlon bei Thunderstorm nach dem Rechten sehen wollte.

„Sie hat bei mir zu Hause ihre Englischsachen vergessen“, kam Marlon ihr spontan zu Hilfe. „Wir haben nämlich dort zusammen If-Sätze gepaukt.“

„Ja.“ Tami nickte schnell. „Du weißt doch, wie schlecht ich in Englisch bin, und nach dem Lernen habe ich vergessen, mein Buch mitzunehmen.“

„Okay.“ Lisa schien ihnen die Geschichte abzukaufen. „Du bist ganz schön schusselig.“

„Ja. Ein bisschen schon. Richte meiner Mutter doch bitte aus, dass ich mich beeile.“

Als der Bus Tidelund erreichte, trennten sich die Freunde. Anneke, Zoe, Jessy, Nils und Henry nahmen den Weg rechts durch das Dorf zum Internat. Lisa lief in die entgegengesetzte Richtung zur Konditorei von Familie Claasen.

„Dann mal tschüss!“ Marlon winkte ihnen nach. Dann eilten er und Tami auf direktem Weg zum Hof seines Onkels.

Thunderstorm wieherte ihnen zur Begrüßung freudig zu. Der kleinen Stute schien es hier prächtig zu gehen. Mittlerweile hatte sie sich mit dem Friesen aus der Box nebenan angefreundet. Von Heimweh nach ihrem alten Stall war nichts zu bemerken, stellte Tami erleichtert fest. Ach, wenn ihr doch nur eine Lösung für das Problem mit Thunderstorm einfallen würde! Sie gab der Stute ein paar Möhren zu fressen, bevor sie sich wieder verabschiedeten. „Bis morgen, meine Kleine.“

Nachdem Tami und Marlon sich davon überzeugt hatten, dass es dem Pferd gut ging, mussten sie sich sputen. Es war spät geworden und Tami wollte unter keinen Umständen riskieren, dass ihre Cousine womöglich misstrauisch wurde, wenn sie länger als nötig wegblieb.

„Abendbrot steht in der Küche“, empfing sie ihre Mutter im Wohnzimmer, die gerade dabei war, die Zwillinge zu füttern.

„Danke. Mein Magen hängt mir schon in den Kniekehlen“, sagte Tami und wie zur Bestätigung knurrte ihr Bauch.

„Kein Wunder bei der ganzen Aufregung. Lisa hat mir vorhin alles erzählt.“ Frau Kellinghaus putzte mit einem Lätzchen Pauls kleinen Mund ab und legte ihn dann in das Kinderbett, das Tamis Vater im Wohnzimmer aufgestellt hatte. „Und stimmt das wirklich? Thunderstorm ist weg?“

„Ja“, murmelte Tami. Noch mehr, als Freunde anzulügen, hasste Tami es, ihren Eltern Unwahrheiten aufzutischen.

„Da bist du bestimmt sehr traurig“, vermutete ihre Mutter besorgt. „Wie konnte das denn nur passieren?“

Tami zuckte die Schultern, wobei ihr Herz kräftig schlug. Das viele Lügen brachte ihren Kreislauf gehörig in Schwung. Sie merkte, wie ihr die Hitze ins Gesicht stieg, als sie ihrer Mutter antwortete. „Ich kann es mir auch nicht erklären. Sie war plötzlich einfach nicht mehr auf der Koppel. Richtig aufgefallen ist das erst, als das Gewitter losbrach und die Pferde von der Weide in den Stall gebracht werden mussten.“

„Mach dir nicht so viele Sorgen, Tami. Ich bin mir sicher, morgen ist Thunderstorm wieder da. Sie macht wahrscheinlich bloß einen kleinen, wenn auch verbotenen Spaziergang“, sprach Frau Claasen ihrer Tochter Mut zu.

Tami aß in der Küche zu Abend und kraulte dabei den Familienkater Brutus, der sich neben ihr auf der Sitzbank zusammengerollt hatte. Außerdem leistete Oma ihr Gesellschaft, die eine Geschichte von früher erzählte. Dabei ging es um ein Pferd, das ihren Eltern gehört hatte und ebenfalls einmal verschwunden war.

„Am fünften Tag hatten wir schon alle Hoffnung aufgegeben, Fritz jemals wiederzusehen. Für uns war das damals eine Katastrophe, denn wir brauchten das Pferd ja, damit es den Wagen zog.“

„Und was ist dann passiert? Habt ihr Fritz noch gefunden?“, fragte Tami zwischen zwei Bissen.

„Nein. Wir haben ihn nicht gefunden. Nach sechs Tagen stand er aber auf einmal wieder auf der Weide. So als wäre er nie weg gewesen. Wir haben nie herausgefunden, wo er gewesen ist. Ich will damit sagen, dass euch das auch mit Thunderstorm passieren könnte. Sie könnte auf einmal wieder auftauchen."

„Hm", brummte Tami und steckte sich den letzten Bissen ihres Käsebrots in den Mund.

Es war so nett, wie sich alle bemühten, sie aufzuheitern. Und es war so falsch von ihr, nicht aufrichtig zu sein.

Als Tami ihr Zimmer betrat, lag Lisa mit einem Buch auf ihrem Bett. „Und? Hast du dein Englischbuch wieder?", fragte sie.

Was sollte Tami auf diese Frage nur antworten? Ihr Blick glitt durch das Zimmer und blieb an ihrem Schreibtisch hängen, auf dem ihr aufgeschlagenes Englischbuch lag. „Ach, da ist es ja!", tat sie überrascht. „Da hätte ich ja noch lange bei Marlon suchen können."

Lisa zog die Augenbrauen hoch. Ob sie genauso wie Marit Verdacht zu schöpfen begann?

„Ich bin manchmal echt ziemlich schusselig", versuchte sich Tami herauszureden. „Ich dachte wirklich, ich hätte das Buch bei Marlon liegen gelassen. Sogar er war felsenfest davon überzeugt."

„Schusselig ist das richtige Wort dafür. Wir müssen übrigens gleich noch einmal über deine Geburtstagsparty sprechen. Viel Zeit für die Planung bleibt uns nicht mehr."

„Stimmt. In zwei Wochen habe ich ja Geburtstag. Das hätte ich doch fast ..."

„... vergessen", vollendete Lisa Tamis Satz und lachte dabei. „Gut, dass du mich hast. Ich vergesse wenigstens nicht alles."

Am nächsten Tag nahm Tami eine kleine Tüte Pferdeleckerlis mit zur Schule. Marlon und sie hatten sich für den Nachmittag bei ihm in der Garage verabredet. Von dort aus wollten sie sich aufmachen, um Thunderstorm zu besuchen. Das war weitaus unauffälliger, als wenn sie sich beim Reiterhof trafen und dann zusammen losmarschierten.

„Wir gehen jetzt noch ein Eis essen", verkündete Anneke nach der letzten Stunde. „Kommst du mit? Das Wetter ist so schön."

Tami zog ihre Schultasche aus dem Spind und klemmte sich demonstrativ ihr Englischbuch unter den Arm. „Ich würde ja unheimlich gerne mitkommen, aber das geht leider nicht. Mein Buch und ich haben gleich eine Verabredung", sagte sie.

„Gibt Marlon dir etwa wieder Nachhilfe?“, wunderte sich Jessy.

„Ja. Diese If-Sätze haben es ziemlich in sich und die nächste Klassenarbeit muss deutlich besser werden als die letzte“, erklärte Tami ihren plötzlichen Lerneifer.

„Na, Hauptsache, du wirst keine Streberin“, sagte Zoe und zwinkerte ihr zu.

Tami lachte. „Bestimmt nicht! Aber ich möchte eben weiterhin mit euch dieselbe Klasse besuchen und nicht sitzen bleiben.“

„Gut. Dann stürmen wir fünf eben die Eisdiele“, sagte Jessy gut gelaunt.

„Ich kann leider auch nicht mitkommen.“

„Wieso das denn nicht, Lisa? Nimmst du etwa auch Nachhilfe bei Marlon?“, fragte Zoe.

„In Englisch stehe ich Gott sei Dank auf einer Drei. Also keine Nachhilfestunden. Aber ich muss noch etwas anderes erledigen.“ Lisa schulterte ihre Tasche. „Viel Spaß beim Lernen und guten Appetit“, verabschiedete sie sich.

„Ich muss auch los. Bis morgen“, sagte Tami und machte sich auf den Weg zu Marlon. Dabei schaute sie sich um, ob sie Lisa noch irgendwo sah. Aber ihre Cousine war bereits verschwunden.

„Jessy, Anneke, Zoe und Marit sind in der Eisdiele. Wohin Lisa gegangen ist, weiß ich allerdings nicht. Sie hat bloß gesagt, dass sie etwas erledigen muss. Keine Ahnung, was das sein soll“, erzählte Tami Marlon, der ihr aufmerksam zuhörte.

„Dann nehmen wir am besten einen Umweg zu Thunderstorm. Wir dürfen nicht riskieren, dass man uns sieht.“

„Nein, auf keinen Fall. Ich habe nämlich gesagt, dass wir uns treffen, um Englisch zu lernen.“

„Verstehe! Deswegen hast du das Buch mitgebracht.“

„Richtig. Also darf uns wirklich niemand sehen. Denn immerhin gehen die anderen davon aus, dass wir zusammen in deiner Garage If-Sätze büffeln.“

„Dann wird unser Umweg noch ein kleines bisschen großzügiger ausfallen müssen. Wir laufen am besten an den Feldern entlang. Dort werden wir garantiert niemandem über den Weg laufen.“

So machten sie es dann auch. Statt der zehn Minuten, die sie sonst immer bis zum Hof von Marlons Onkel liefen, brauchten sie diesmal die doppelte Zeit. Aber dafür kamen sie ungesehen am Gutshof an.

„Nanu?“, wunderte sich Tami, als sie das Stallgebäude betraten. Die Pferdeboxen waren leer. Ratlos blickte sie sich um. Leichte Panik überkam sie. Wo war Thunderstorm? „Merkwürdig. Wo ist sie denn?“

„Keine Ahnung.“

„Meinst du, sie ist nun doch ausgebüxt?“

„Und hat das Nachbarpferd auch gleich mitgenommen? Nein, das halte ich für unwahrscheinlich. Am besten gehen wir zu meinem Onkel und fragen nach.“

Es stellte sich heraus, dass Marlons Onkel Thunderstorm zusammen mit dem Friesen auf eine kleine Koppel gebracht hatte, die zum Hof gehörte.

„Bei dem schönen Wetter sollen sich die Tiere im Freien aufhalten und sich die Sonne auf ihr Fell scheinen lassen“, sagte Herr Sturm und brachte sie zu der Koppel, wo die Pferde friedlich grasten.

Die Wiese war von der Straße aus nicht einsehbar. Sie lag gut geschützt hinter den Stallungen und vor einem Waldstück, sodass niemand die Stute zufällig entdecken konnte.

„Bin ich froh.“ Tami packte die Tüte mit den Leckerlis aus. „Für einen Moment hatte ich wirklich Angst, dass sie weg sein könnte.“

Marlon lehnte sich neben Tami an das Gatter. „Bei meinem Onkel kommt so schnell nichts weg. Weder Tiere noch andere Dinge. Dafür hat er ein viel zu wachsames Auge."

Tami riss die Tüte auf und dann lockte sie Thunderstorm mit schnalzenden Geräuschen.

„Oh, sie bringt gleich ihren neuen Freund mit!" Marlon lachte.

„Wie gut, dass ich gleich eine ganze Tüte mitgebracht habe." Tami hielt Marlon die Packung hin und er nahm sich ebenfalls ein paar Leckerlis, um den Friesen damit zu füttern. „Leg sie einfach auf die flache Hand", riet Tami ihm.

Marlon tat wie geheißen und streckte seine Hand aus. Der stämmige Wallach fuhr mit seinem warmen Maul über die Handfläche und nahm die Leckerlis auf. „Das kitzelt", rief Marlon.

„Das sind die Tasthaare. Die kitzeln immer ein bisschen", erklang eine Stimme hinter ihnen.

Tami zuckte zusammen und Marlon schaute sie erschrocken an. Dann drehten sie sich langsam um.

„Lisa?"

„So sieht also eure Nachhilfe aus", sagte Tamis Cousine und kam auf die beiden zu. „Ich habe mir gestern schon gedacht, dass da was nicht stimmen kann."

„Aber wie hast du uns gefunden?“, fragte Tami. Sie war völlig durcheinander. „Wir waren doch so vorsichtig und sind extra einen Umweg gegangen.“

„Och, das war ganz einfach. Ich bin dir gefolgt.“

„Aber du hattest doch einen Termin?“

„Ja. Der Termin warst du. Ich wollte gucken, ob mein Gefühl richtig ist oder ob ich mir bloß einbilde, dass du ein Geheimnis vor mir hast. Deswegen bin ich ja auch vor dir aus dem Stall gegangen, damit ich sehen konnte, wohin du gehst. Zuerst dachte ich, dass ich mir alles einbilde, weil du wirklich zu Marlon bist. Ich wollte schon mein Versteck verlassen, aber da habe ich gesehen, wie ihr das Fährhaus wieder verlassen habt. Und so bin ich euch eben gefolgt.“

„Dann kennst du jetzt unser Geheimnis. Thunderstorm ist nicht weggelaufen. Wir haben sie hier versteckt. Rufst du gleich bei Marits Eltern an, um ihnen Bescheid zu sagen, oder kann ich es vorher noch Mama und Papa beichten?“, fragte Tami schuldbewusst.

Lisa stemmte die Hände in die Hüften. „Also, erstens ist es mir tausendmal lieber, Thunderstorm heil und unversehrt vor mir stehen zu sehen. Und zweitens bin ich ganz schön sauer, dass du glaubst, ich würde dein Geheimnis verraten", sagte sie zu Tami.

Tami fiel ein Stein vom Herzen. Lisa war die beste Cousine, die man sich wünschen konnte.

„Du hättest mich ruhig von Anfang an einweihen können", sagte Lisa.

Marlon zwinkerte ihr zu. „Beim nächsten Mal wissen wir Bescheid."

„Und was wollt ihr nun mit Thunderstorm machen?", erkundigte Lisa sich.

Tami zuckte die Schultern. „Erst einmal hier stehen lassen. Uns fällt hoffentlich noch ein, wie wir sie vor den neuen Besitzern retten können."

„Da hilft wahrscheinlich nur Lotto spielen", meinte Marlon.

„Oder auf ein Wunder hoffen", sagte Lisa. „Manchmal sollen ja welche geschehen."

Das Turnier

Zwei Tage später durfte Marit das Krankenhaus verlassen. In den nächsten Wochen musste sie sich mithilfe von Krücken fortbewegen.

„Das Turnier am nächsten Wochenende kann ich mir jedenfalls abschminken." Marit saß auf einem Stuhl vor dem Stallgebäude, die Krücken hatte sie auf den Boden gelegt. „Dabei hatte ich mich schon so drauf gefreut."

„Hauptsache, dein Bein wird wieder so wie vor dem Unfall", meinte Anneke.

„Das wird allerdings noch eine Weile dauern. In ein paar Wochen kommt zwar der Gips wieder ab, aber dann werden meine Muskeln so schwach sein, dass ich vermutlich keine fünf Schritte machen kann."

„Keine Sorge, das wird schon wieder", sagte Nils tröstend. „Beim nächsten Turnier bist du bestimmt schon wieder so fit, dass du mitreiten kannst."

„Wer startet eigentlich alles in Tetenbüll?", fragte Marit in die Runde.

„Na, wir alle. Nils auf Troubadour, Henry auf Sun Dancer, Jessy auf Saturn. Lisa reitet auf Dimplex mit und ich starte wieder auf Filou", erklärte Tami.

„Ich bin schon so aufgeregt deswegen. Es ist zwar bloß eine Anfänger-Prüfung, aber ich fühle mich, als würde ich beim Turnier in Aachen starten", sagte Lisa.

Marit lachte. „Das kann ich mir gut vorstellen. Ging mir beim ersten Turnier genauso."

„Anneke und ich haben uns für die Dressur-Prüfungen Bento und Max ausgesucht", berichtete Zoe. „Die zwei sind so zuverlässig, dass wir uns keine großen Sorgen machen müssen."

„Aber es kann immer was schiefgehen. Vergiss das nicht", warf die bodenständige Anneke ein.

„Wird schon schiefgehen, Anneke." Nils zwinkerte ihr zu.

„Wir müssen mal die Pferde satteln und trensen. Unsere Reitstunde beginnt in zwanzig Minuten." Lisa klatschte in die Hände.

Die Freunde liefen zu ihren Pferden in die Ställe und Marit bewegte sich auf ihre Krücken gestützt zum Außenreitplatz, wo der Unterricht stattfinden sollte. Dort setzte sie sich auf eine Bank und beobachtete das Training. Auch wenn sie dieses Mal am Turnier nicht teilnehmen konnte, wollte sie wenigstens auf diese Art und Weise doch dabei sein. Besonders gut gefiel ihr natürlich Henry auf Sun Dancer, der nicht nur gut im Westernreiten war, sondern sich ebenfalls beim Springen gut behaupten konnte. Ihr Blick glitt über die Reiter und blieb unwillkürlich an Tami und Filou hängen, die im Trab durch die Bahn ritten. Das Pferd ging seltsam holprig und hob dabei seinen Kopf. „Ich glaube, mit Filou stimmt etwas nicht“, rief Marit ihrer Mutter zu.

Die nickte ihrer Tochter zu. „Abteilung Scherritt“, rief sie. „Das ist mir gerade auch schon aufgefallen.“ Frau Kellinghaus beobachtete die Bewegungsabläufe von Filou.

„Ich hatte vorhin auch das Gefühl, als ob er heute irgendwie anders läuft als sonst“, sagte Tami.

„Im Schritt ist nichts zu erkennen. Trab doch bitte mal an“, wies sie das Mädchen an.

Tami folgte der Anweisung der Reitlehrerin. Bereits nach wenigen Schritten spürte sie Filous ungleichmäßigen Gang. „Ich glaube, da ist es wieder.“

„Ja, ich sehe es auch. Pariere mal durch zum Schritt und marschiere auf der Mittellinie auf. Das hat so keinen Zweck."

Tami hielt in der Mitte des Platzes und saß ab.

Frau Kellinghaus inspizierte Filous rechtes Bein. „Filou lahmt. Ich werde nachher den Tierarzt anrufen, damit er sich das mal ansieht. Für den Moment musst du ihn leider in den Stall zurückbringen. Filou soll sich jetzt schonen."

Eine Stunde später kam der Tierarzt, den Frau Kellinghaus direkt nach der Reitstunde angerufen hatte. Tami und Marit waren bei der Untersuchung dabei.

„Tja, Filou lahmt tatsächlich", sagte Dr. Hansen, nachdem die Reitlehrerin das Tier im Trab über den Hof geführt und er Filou gründlich untersucht hatte. „Er bekommt von mir ein schmerzlinderndes Medikament verordnet und Schonung. Beim Turnier in Tetenbüll kann er jedenfalls nicht starten."

„Mist!", sagte Tami leise und schaute bedrückt auf das Pony. Sie waren ein eingespieltes Team und zuvor schon auf Turnieren gestartet.

Frau Kellinghaus führte Filou an den Mädchen vorbei wieder zurück in seine Box und begleitete dann noch den Tierarzt zu seinem Auto.

„Ausgerechnet jetzt. Ich habe mich schon so auf das Turnier gefreut.“ Tami seufzte und ließ sich erschöpft auf einen Strohballen vor Filous Box fallen.

„Du scheinst im Moment wirklich eine extreme Pechsträhne zu haben. Erst wird Thunderstorm verkauft und alle verheimlichen es vor dir. Dann verschwindet Thunderstorm wie vom Erdboden und nun lahmt auch noch Filou, mit dem du dich für das Turnier angemeldet hast. Das ist schon ein bisschen viel Pech auf einmal“, fand Marit.

„Na ja, aber du bist auch nicht gerade der große Glückspilz“, merkte Tami an und deutete auf Marits Gipsbein. „Du hast dir ein Bein gebrochen und kannst auch nicht beim Turnier starten. Da ist wohl geteiltes Leid halbes Leid.“

„Warum eigentlich?“, fragte Marit. Ihre Augen funkelten.

Tami schaute sie verwirrt an. „Wie? Warum? Verstehe ich nicht.“

„Warum solltest du am Turnier nicht teilnehmen, bloß weil Filou lahmt?“

Tami schüttelte den Kopf. „Mit welchem Pferd sollte ich denn an den Start gehen? Alle anderen Pferde sind schon vergeben und ein eigenes Pferd habe ich nicht. Bleibt also nur Filou“, erklärte sie Marit die Umstände.

„Aber ich habe doch ein Pferd“, warf ihre Freundin nun ein.

„Das ist mir bekannt. Aber was habe ich damit zu tun?“

„Ach, Tami. Du bist aber heute wirklich ein bisschen langsam.“ Marit musste grinsen. „Du startest natürlich auf Peppino, weil ich am Turnier ja nicht teilnehmen kann.“

Nun verstand Tami, worauf ihre Freundin hinauswollte. „Mensch! Das ist ja wirklich ein genialer Plan!“, freute sie sich.

„Und du kannst gleich morgen mit ihm trainieren. So setzt er wenigstens keinen Speck an.“

Tami fiel Marit um den Hals. „Danke!“

„Vorsicht! Du wirfst mich ja fast um. Auf den Krücken steht es sich ziemlich wackelig.“

Tami schaute sie glücklich an. Wie hatte sie nur glauben können, dass Marit etwas Böses im Sinn gehabt hatte, als sie ihr Thunderstorms Verkauf verschwiegen hatte? Marit war eine wirkliche Freundin.

Aber war Tami eine genauso gute Freundin? Spätestens jetzt hätte sie Marit in ihr Geheimnis um Thunderstorm einweihen müssen, doch sie tat es nicht, obwohl sich ihr schlechtes Gewissen lautstark meldete.

Das Training mit Peppino verlief nach ein paar Tagen schon ganz gut. Je näher das Turnier rückte, umso intensiver arbeitete sie mit dem Pony, das viel lieber auf der Koppel faulenzen wollte, als sich auf einen Turnierwettbewerb vorzubereiten.

Am Tag des Turniers war Tami die Erste im Stall. Bereits um halb fünf Uhr war sie mit dem Rad losgefahren, um Peppino in Ruhe für den Wettbewerb auf Hochglanz zu bringen. Am Vortag schon hatte sie mit Marits Hilfe in seine Mähne kleine Zöpfchen eingeflochten, was eine Heidenarbeit gewesen war.

Gegen acht Uhr rollten die ersten Pferdetransporter zum Turnier nach Tetenbüll. Bis dahin hatte Tami eine Menge Vorbereitungen getroffen. Nun saß sie geschniegelt mit Lisa, Tante Sabine und Marit im Auto. Peppino hatten sie mithilfe von Marits Mutter in einen Pferdehänger befördert. Nun ging es endlich los.

Gedankenverloren schaute Tami aus dem Fenster und machte sich ein wenig Sorgen wegen des bevorstehenden Turniers. Vielleicht konnte sie auf Turnieren ja nur mit Filou bestehen?

Marit, die wegen ihres Gipsbeins vorne saß, drehte sich zu Tami um. „Peppino liebt Springreitturniere. Du brauchst dir gar keine Gedanken zu machen."

Tami musste trotz ihrer inneren Anspannung lächeln. Wieder schien ihre Freundin ihre Gedanken erraten zu haben. „Hoffentlich ist das auch so, wenn ich im Sattel sitze. Bei dir ist er ja immer lammfromm."

„Ach, natürlich ist er das auch bei dir! Außerdem bin ich doch als Maskottchen mitgekommen. Es kann also gar nichts schiefgehen."

Eine Viertelstunde später erreichten sie das Gelände des Reitvereins von Tetenbüll. Ihr erster Weg führte Tami und Lisa zur Meldestelle, wo sie sich ihre Startnummern abholten.

Die Wettbewerbe fanden auf den zwei großen Außenreitplätzen statt, um die sich bereits jetzt Schaulustige drängten. Und in der Reithalle hatten sich die ersten Teilnehmer zum Abreiten eingefunden. Um zehn Uhr begann der erste Wettbewerb und schon jetzt war der Parkplatz mit Transportern überfüllt.

„Himmel, was herrscht hier für ein Trubel", rief Marits Mutter, die mit Nils, Henry und Jessy im Schlepptau auf sie zukam. „Ein Wunder, dass wir uns überhaupt getroffen haben!"

„Oh ja. Hier ist mächtig was los. Fast wie auf einem Volksfest", sagte Tante Sabine.

„Wo sind denn Zoe und Anneke?“, wollte Marit wissen, die sich auf ihre Krücken stützte.

„Die sind bei Papa mitgefahren und müssten eigentlich gleich eintreffen.“ Frau Kellinghaus schaute sich um, konnte aber weder ihren Mann noch die beiden Mädchen entdecken. „Was habt ihr denn für Startnummern?“

„Ich bin gleich beim ersten Durchgang dabei“, sagte Tami. „Und Lisa reitet gegen Mittag. Wir müssen Peppino dann auch mal aus dem Hänger holen, damit ich mich warmreiten kann.“

Frau Kellinghaus führte Peppino rückwärts aus dem Pferdeanhänger und übergab ihn an Tami, die ihn zum Sattelplatz führte. Marits Mutter folgte ihr mit Sattel und Trense.

„Denk dran, du bist eine talentierte Reiterin. Du hast keinen Grund, nervös zu sein. Alles wird bestens laufen, davon bin ich überzeugt.“

„Okay“, sagte Tami. Sie wischte sich ihre vor Aufregung nassen Hände an ihrer Reithose ab, bevor sie sich Handschuhe überzog. Dann ritt sie hinüber zur Abreithalle.

„Zum Springreiten finden sich bitte folgende Startnummern ein: 22, 9, 23, 14, 36 und 51“, plärrte kurz darauf eine Frauenstimme aus dem Lautsprecher.

Nummer 14? Tami zuckte zusammen, als sie ihre Startnummer hörte, und ritt mit Peppino rasch aus der Halle.

„Hey, Tami. Good luck!“, rief Henry ihr zu, ehe sie auf den Springplatz einritt. Dabei zeigte er ihr seine gedrückten Daumen. Marit und Lisa entdeckte sie schräg hinter Henry. Sie winkten ihr heftig zu.

Tami ritt auf den Richtertisch zu und grüßte vorschriftsmäßig. Das Startsignal ertönte, und ehe Tami sichs versehen konnte, hatten sie das erste Hindernis bereits erfolgreich genommen. Peppino sprang mit solch einer Freude über den Oxer, als hätte er ein Jahr in einer Box zugebracht und dürfte sich nun zum ersten Mal wieder bewegen. Geradezu leichtfüßig übersprang das Pony auch die restlichen Hindernisse und brachte Tami mit null Fehlerpunkten und einer unglaublich guten Zeit ins Ziel.

„Tami Claasen auf Peppino: null Fehlerpunkte“, plärrte die Frauenstimme aus dem Lautsprecher.

Aus den Zuschauerreihen erklang Applaus.

Jetzt sah Tami auch Anneke und Zoe. Sie standen an der Absperrung zum Springplatz und winkten ihr wie verrückt zu.

Tami schluckte. Sie hatte es tatsächlich geschafft. Null Fehlerpunkte. Genau wie auf Filou. Das bedeutete ihr eine Menge, denn das hieß, dass sie tatsächlich reiten konnte – und zwar nicht nur auf einem bestimmten Pferd.

„Herzlichen Glückwunsch“, rief Marit, die vor der Reithalle auf sie wartete, als Tami Peppino abgeritten hatte.

Tami sprang aus dem Sattel und umarmte ihre Freundin. „Das habe ich alles deinem Pony zu verdanken. Der Kleine ist wirklich spitze.“

„Aber er ist nur so gut, weil du eben auch eine verdammt gute Reiterin bist“, gab Marit zurück.

„Danke, das bedeutet mir wirklich sehr viel“, sagte Tami und spürte dabei einen Kloß im Hals. Es war einfach nicht richtig, sie länger zu belügen. Selbst dann nicht, wenn die neuen Besitzer von Thunderstorm morgen vorbeikämen, um die Stute abzuholen. „Wenn wir wieder zu Hause sind, dann muss ich dir unbedingt etwas zeigen“, sagte sie.

Thunderstorm kehrt zurück

Tamis Null-Fehler-Ritt blieb der beste in der Wertung. Sie erhielt dafür nicht nur eine gelbe Schleife, sondern auch ein Preisgeld von einhundert Euro.

Nils und Henry hatten ebenfalls die ersten Plätze in ihren Prüfungen belegt – womit Tami insgeheim gerechnet hatte. Lisa war mit Dimplex auf den vierten Platz gekommen. Zoe wurde Dritte und Anneke sogar Zweite.

„Ich bin sehr stolz auf euch. Die guten Platzierungen habt ihr euch wirklich verdient", lobte Frau Kellinghaus ihre Schüler, nachdem sie am späten Nachmittag wieder auf den Hof zurückgekehrt waren.

Nachdem sie die Pferde versorgt hatten, nahm Tami Lisa zur Seite. „Ich muss Marit die Wahrheit über Thunderstorm sagen."

„Das ist aber mutig. Finde ich toll, dass du das machst“, sagte Lisa.

„Allerdings bräuchte ich dabei deine Hilfe. Ich habe mir da nämlich etwas überlegt“, sagte Tami und erzählte Lisa von ihrem Plan.

Der nächste Tag war ein Sonntag. Lisa hatte Tami versprochen, ihr bei ihrem Plan zu helfen. Zusammen spannten sie die Ponys Max und Bento vor die Kutsche der Reitschule und holten damit Marit direkt vor der Haustür ab.

„Wir fahren aber zu keiner Hochzeit, oder?“, fragte Marit, als sie das Gefährt erblickte.

„Nein, keine Hochzeit. Aber mit deinen Krücken würdest du es vermutlich nicht bis zur Überraschung schaffen“, erklärte Tami und half ihrer Freundin beim Einsteigen. Dann setzte sie sich nach vorn zu Lisa auf den Kutschbock und wenig später ratterten sie über den Deich. Immer nordwärts. An Salzwiesen und dem alten Leuchtturm vorbei. Vorbei an der Seebrücke und der Promenade. Bis zu dem kleinen Gutshof, dessen Auffahrt mit großen Natursteinen gepflastert war.

„Wo bringt ihr mich denn hin?“, fragte Marit verwundert, als sie mitten auf dem für sie fremden Hof hielten.

„Das wirst du gleich sehen." Tami war ihrer Freundin beim Aussteigen behilflich. Lisa blieb bei der Kutsche, während Tami Marit zu der Koppel hinter den Stallungen führte.

„Also, ich hoffe mal, dass ich das alles gleich besser verstehe."

„Das wirst du. Ganz bestimmt sogar." Tami lächelte Marit an und pfiff dann durch ihre Vorderzähne.

Marit schaute zur Koppel und entdeckte zwei Pferde, die sich ihnen im gemütlichen Schaukelgalopp näherten. Zuerst schaute sie interessiert, dann erstaunt. „Das ist ja Thunderstorm", stellte sie wie vom Donner gerührt fest.

„Ja. Ich weiß", antwortete Tami und kratzte sich verlegen am Hinterkopf. „Ich muss dir nämlich etwas beichten."

„Da bin ich aber sehr gespannt."

Tami berichtete, wie es zu Thunderstorms Entführung gekommen war und warum sie nicht eher etwas gesagt hatte. „Ich weiß, es war falsch. Aber ich wusste mir einfach nicht anders zu helfen. Ich hoffe, du bist jetzt nicht allzu böse auf mich", sagte sie und schaute ihre Freundin zerknirscht an.

Doch die schien eher belustigt über Tamis Geständnis zu sein. „Nein. Gar nicht. Ich habe ja schon die ganze Zeit gespürt, dass da irgendwas im Busch war“, sagte Marit. „Aber ein bisschen schade finde ich, dass du Lisa vor mir eingeweiht hast.“

„Von wegen eingeweiht. Lisa hat mich und Marlon verfolgt und es so rausbekommen. Da konnte ich mich nicht rausreden“, erklärte Tami ihr.

„Ach, so war das. Was machen wir denn nun mit Thunderstorm?“

„Tja, ich werde wohl allen die Wahrheit sagen müssen und dafür eine Menge Ärger bekommen“, sagte Tami kleinlaut. „Und eigentlich bin ich auch froh, wenn endlich alles raus ist. Ich bereue so sehr, was ich getan habe.“

„Wir könnten es doch auch ganz anders machen.“

„Wie denn?“

„Ohne dass du Ärger bekommst eben.“

„Aber wie soll das gehen?“, fragte Tami.

„Hör zu, ich habe eine Idee. Wir fahren gleich zurück zu unserer Weide, aber du nimmst Thunderstorm mit. Lisa und ich werden dafür sorgen, dass niemand sich in der Nähe aufhält, wenn du mit Thunderstorm kommst.“

Tami schaute ihre Freundin an. „Du meinst, wir stellen sie einfach auf die Koppel und tun dann so, als wäre sie von allein wiedergekommen?“

„Genau das tun wir!“

„Aber geht das denn so einfach? Immerhin habe ich die Stute einfach mitgenommen und vielen Menschen Sorgen bereitet.“

Marit legte ihrer besten Freundin die Hand auf die Schulter. „Du hast es doch nicht böse gemeint. Und du wusstest dir nicht anders zu helfen. Außerdem glaube ich, dass du einiges daraus gelernt hast. Oder würdest du so etwas wieder machen?“

„Nein, auf keinen Fall! Nie wieder!“, rief Tami sofort.

Also machten sie es genauso, wie Marit es vorgeschlagen hatte. Niemand bekam mit, wie Tami das Gatter zur Koppel vom Nordlicht öffnete und Thunderstorm auf die Wiese ließ. Dann kehrten die drei Mädchen unbemerkt zum Reitstall zurück und taten so, als wäre ihnen noch nicht aufgefallen, dass die Ausreißerin wieder aufgetaucht war.

Nils entdeckte die Rückkehrerin als Erster und schlug sogleich bei Familie Kellinghaus Alarm. Auf die erste allgemeine Verwunderung folgte sehr bald Erleichterung.

„Wir werden vermutlich nie herausfinden, wo

sich die junge Pferdedame in den letzten Tagen herumgetrieben hat. Doch sie scheint so gesund und fidel zu sein, als wäre sie von einem Wellness-Urlaub wiedergekehrt“, stellte Herr Kellinghaus beruhigt fest.

Tamis Geburtstag

Seitdem Thunderstorm wieder zurück war, hatte Tami jedes Mal Magenschmerzen, wenn sie zu ihrer Box kam. Immer wieder rechnete sie damit, dass die Box plötzlich leer war, weil Thunderstorm zwischenzeitlich von ihren neuen Besitzern abgeholt worden war.

„Hoffentlich bist du morgen an meinem Geburtstag auch noch da“, sagte sie am Vortag zu der Stute und fuhr ihr mit einer Hand durch den Schopf. „Das wäre wirklich ein schönes Geschenk.“

Am Morgen ihres Geburtstages war der Küchentisch reichlich gedeckt. Neben frischen Brötchen, verschiedenen Sorten Marmelade, warmen Eiern, Aufschnitt und heißem Kakao stand in der Mitte des Tischs ein Geburtstagskuchen mit vierzehn

Kerzen. Ihre Geburtstagsgeschenke würde Tami, wie jedes Jahr, am Nachmittag bekommen.

Ihre Mutter wartete bereits mit den Zwillingen auf sie und drückte ihrer ältesten Tochter einen dicken Kuss auf die Wange. „Meine Große! Alles Liebe und Gute zu deinem vierzehnten Geburtstag. Meine Güte, wie schnell die Zeit doch vergeht."

„Herzlichen Glückwunsch, Tami", gratulierte ihr Tante Sabine und Oma umarmte sie so fest, als hätte sie vor, sie zu erdrücken.

„Bald bist du größer als ich, wenn du so weiterwächst", sagte sie und lächelte.

„Wo sind denn Lisa, Peer und Papa?", fragte Tami.

„Papa fährt mit Peer noch Bestellungen aus und Lisa musste etwas erledigen. Ich soll dir ausrichten, dass sie dich um elf Uhr auf dem Reiterhof treffen möchte", sagte Frau Claasen.

„Ah, das ist bestimmt wegen der Geburtstagsfeier, die Lisa für heute Nachmittag organisiert hat", überlegte Tami und bestrich sich ein Brötchen mit Butter und Marmelade. „Mensch, was habe ich einen Hunger."

„Was hältst du davon, wenn wir nachher alle zusammen zum Hof fahren? Vielleicht können wir noch etwas helfen", fragte ihre Mutter.

„Ja. Aber was soll es denn da zu helfen geben?“, wollte Tami wissen.

Frau Claasen zuckte die Schultern. „Das werden wir dann ja sehen.“

Um Viertel vor elf fuhren sie mit dem kleinen Transporter der Konditorei zum Reiterhof.

Lisa wartete bereits mit Tamis Freunden vor dem großen Stallgebäude. Alle hielten einen bunten Luftballon in der Hand.

„Herzlichen Glückwunsch, Tami.“ Marit umarmte ihre beste Freundin und drückte ihr einen Ballon in die Hand.

„Was für eine Überraschung“, sagte Tami erstaunt, die eigentlich nur mit Lisa gerechnet hatte. „Ich dachte, ich sehe euch erst heute Nachmittag.“

Einer nach dem anderen gratulierte ihr und übergab seinen Luftballon.

„Habt ihr von dem Empfang gewusst?“, fragte Tami ihre Familie, die sie mit Unschuldsmiene anschaute. „Wusste ich es doch.“

Als Letzter gratulierte ihr Marlon, der Tami vor versammelter Mannschaft einen Kuss gab und ihr einen Blumenstrauß überreichte.

Tami spürte, wie Hitze in ihre Wangen stieg, und blickte verlegen zur Seite.

„Und was machen wir nun? Feiern wir jetzt schon meinen Geburtstag?“, fragte Tami. Doch bevor sie eine Antwort bekam, tauchte der Wagen ihres Vaters in der Einfahrt auf.

Herr Claasen und Peer gratulierten ihr ebenfalls.

„So, da wir nun alle vollzählig sind, ist es jetzt Zeit für dein Geburtstagsgeschenk“, sagte Tamis Vater feierlich und zog ein Tuch aus seiner Jackentasche, mit dem er seiner Tochter die Augen verband.

„Meine Güte. Ihr macht es aber wirklich spannend“, sagte Tami, die nun völlig orientierungslos war.

„Hake dich einfach bei mir unter. Ich führe dich“, sagte ihr Vater und lotste sie in den Stall.

„Wo bringt ihr mich denn hin?“ Tami roch die Pferde, hörte ihr Schnauben und außerdem leises Getuschel, von dem sie allerdings kein Wort verstand.

Dann blieb ihr Vater stehen und löste den Knoten des Tuchs. „Hier ist dein Geburtstagsgeschenk.“

Tami stand vor Thunderstorms Box, die mit bunten Papierblumen und Luftballons verziert war. Um die Stute hatte jemand eine riesige sonnengelbe Schleife gebunden.

Tami verstand zuerst gar nicht, was genau ihr Geburtstagsgeschenk war.

Marit bemerkte, dass ihre Freundin völlig überfordert war, und zeigte auf das Schild an Thunderstorms Box. „Hier steht übrigens der Name von Thunderstorms neuem Besitzer. Den wolltest du doch die ganze Zeit wissen.“

Tami beugte sich vor und las die weiße Schrift auf dem schwarzen Schild. Nein. Unmöglich. Sie hatte sich verlesen. „Besitzerin: Tamina Claasen“, brachte sie mit erstickter Stimme hervor. Sie riss die Boxentür auf und wenige Augenblicke später hing sie vor Freude schluchzend am Hals der Stute. Dann lief Tami auf ihre Eltern zu und umarmte sie voller Freude. Und dann kamen Oma, Lisa, Tante Sabine und alle ihre Freunde an die Reihe.

„Kannst du nun verstehen, warum ich dir nichts sagen sollte?“, fragte Marit sie.

„Und das war ja auch alles anders geplant gewesen“, sagte nun Marlon. „Du solltest das Gespräch zwischen Marits Mutter und dem Direx gar nicht mitbekommen.“

„Wie, du hast davon auch gewusst?“, fragte Tami ungläubig.

„Hm“, machte Marlon und grinste sie verschmitzt an. „Wir wussten es alle und mussten aber so tun, als wüssten wir nichts. Sonst wäre ja die ganze schöne Überraschung hin gewesen."

„Was haben wir geschwitzt, als du hinter Thunderstorms Verkauf gekommen bist", bemerkte Zoe.

„Du hast mir so leidgetan. Ich war wirklich kurz davor, dir alles zu erzählen", sagte Anneke und erntete einen entsetzten Blick von Jessy. „Das wäre richtig blöd gewesen."

„Das bedeutet ja, dass ihr auch die ganze Zeit gewusst habt, wo Thunderstorm war, oder?"

„Ja. Marlon hat uns sofort informiert", sagte Frau Claasen.

„Aber so ist es ja doch noch eine Riesenüberraschung geworden", fand Henry.

„Und wie! Ich kann das alles nicht glauben. Mir gehört ein Pferd. Mir. Tami Claasen ist eine Pferdebesitzerin." Das Geburtstagskind schüttelte ungläubig den Kopf und schaute immer wieder von einem zum anderen.

„Ich freue mich so für dich", sagte Lisa und fiel ihrer Cousine um den Hals.

„Aber nun wollen wir Thunderstorm mal von dieser großen Schleife erlösen und eine Kleinigkeit essen", schlug Frau Claasen vor.

Jessy machte sich daran, die Schleife zu entfernen, und dann ließ sich die Geburtstagsgesellschaft an den Tischen nieder, die vor der Reithalle aufgebaut waren. Auf einem Tisch prangte eine riesige Geburtstagstorte mit einem Pferd darauf, das eine auffällige Ähnlichkeit mit Thunderstorm hatte. Da hatte wohl Tamis Mutter selbst Hand angelegt.

Erst als Tami Platz nahm, bemerkte sie, wie weich ihre Knie waren. Oma brachte ihr ein extragroßes Stück Geburtstagstorte und eine Tasse Kakao. Tami lächelte sie an und versuchte immer noch zu begreifen, was eigentlich in den letzten Minuten geschehen war. Sie wusste zwar, dass sie nun die Besitzerin von Thunderstorm war, aber irgendwie konnte sie es immer noch nicht fassen. Das war einfach viel zu viel für ihren Kopf. Dass so etwas geschehen könnte, hatte sie sich in ihren kühnsten Träumen nicht vorgestellt.

Tante Sabine verteilte nun Gläser mit Orangensaft an die Kinder und Sekt an die Erwachsenen. Dann erhob sich Tamis Vater und klopfte mit einem Löffel gegen sein Glas.

„Ich möchte euch allen noch einmal herzlich dafür danken, dass ihr die Überraschung möglich gemacht und nichts verraten habt. Auch als meine Tochter dann doch hinter unser Geheimnis gekommen ist. Tami, wir sind unheimlich stolz auf dich und wünschen dir ein glückliches neues Lebensjahr. Bleib so, wie du bist. Du kannst immer auf uns zählen. Und nun genug der vielen Worte. Lasst uns auf das Geburtstagskind und das neue vierhufige Familienmitglied anstoßen."

Die Gäste jubelten zustimmend und stießen dann klirrend mit ihren Gläsern an.

Spät am Abend, als die Feier längst vorbei und im Stall Ruhe eingekehrt war, schlich sich Tami noch einmal aus dem Haus und radelte zu Thunderstorms Box. Sie hatte eine Taschenlampe dabei, um im Stall kein zusätzliches Licht anmachen zu müssen. Sie wollte sich noch mal davon überzeugen, dass das hier auch wirklich keiner ihrer Träume war.

Der Lichtschein der Lampe fiel auf das Schild an der Box. Dort stand es tatsächlich geschrieben.

Besitzerin: Tamina Claasen.

Mit vor Glück klopfendem Herzen schlüpfte Tami zu Thunderstorm in die Box. Dann kuschelte sie sich zärtlich an das Pferd und flüsterte: „Ich möchte mit niemandem tauschen. Ich bin das glücklichste Mädchen auf der ganzen Welt."

Tanja Janz wäre im Alter von elf Jahren am liebsten auf den Heuboden eines Reiterhofs gezogen und träumte schon damals von einem eigenen Pferd. Außerdem wollte sie schon als Kind unbedingt Schriftstellerin werden. Nach Abitur und Studium entschied sie eines Tages, all die Geschichten, die sich in ihrem Kopf eingenistet hatten, aufzuschreiben. Seitdem schreibt sie und schreibt und schreibt. Und am liebsten natürlich Pferdebücher.

Pferde, Strand und Meeresrauschen

ISBN: 978-3-7855-8020-2

Pferdenärrin Tami lebt in einem kleinen Ort an der Küste und es steht ihr ein wunderbarer Sommer bevor: Jede freie Minute verbringt sie mit ihrer Freundin Marit bei ihren vierhufigen Lieblingen im Stall. Besonders viel Zuwendung schenkt sie dabei der Stute Zafira, die ein Fohlen erwartet. Ein großes Ereignis! Tami hofft, bei der Geburt dabei sein zu können. Doch noch mehr wünscht sie sich, im Internat Nordlicht zur Schule zu gehen, denn hier stehen neben den langweiligen Fächern auch Reiten und Pferdepflege auf dem Stundenplan! Wird ihr Traum wahr werden?

Loewe

Noch mehr Pferdespaß

ISBN: 978-3-7855-6290-1

ISBN: 978-3-7855-6761-6

ISBN: 978-3-7855-6780-7

ISBN: 978-3-7855-7078-4

ISBN: 978-3-7855-7223-8

ISBN: 978-3-7855-7637-3

ISBN: 978-3-7855-7336-5

ISBN: 978-3-7855-7425-6

ISBN: 978-3-7855-7754-7

Loewe